胎動

TAI DO

筆沢鷹矢
FUDESAWA TAKAYA

幻冬舎MC

胎動

目次

ミート・アゲイン

東京都は〇〇区、恵美寿駅から徒歩十分圏内のとあるホテルの夜のこと。

地価の高い地域にありがちな豪奢な外装ではなく、どちらかと言えばビジネスホテルのような見た目ではあったが、廊下を歩く白いくたびれたスニーカー、赤いシャツ、その上にファー付きの白いダウンを羽織った若い女が向かった先のドアは一つだけであり、そのフロアに他に部屋は無い。

女は手に持っていた紙袋を持ち替えてドアをノックした。

「どうぞ」と低い声。

やがて白いガウンを着た初老の男がドア越しに現れた。髪は無造作に飛び跳ねて手入れをした様子も無く、口周りには無精髭が目立っていた。

「お邪魔します」女は紙袋を男に渡して男の脇を通り過ぎて、ダイニングテーブルに置かれたアルミホイルを被せた皿やクラッカーやチーズの小さな皿、水の入ったボトルをやり過ごしてその奥にあるソファーに座った。

「まずはそれを脱ぎたまえ」

受け取った紙袋の中をチラと見ながら、男は言った。

「長居はしません」

女は上着を脱いで自分の隣に畳んで置いた。

「手短に終わるものじゃないだろう」

男は紙袋の中身を取り出してテーブルの上に置いた。それはＡ４サイズの紙の束だった。

「さっさと原稿読んでください。寝てないから早く帰りたい」

「急いですぐ済むなら苦労は無いよ」

男はタバコに火を点けて原稿の束に目を通し始めた。

「みんなが誤解するから」女は小さな声で言った。

男は黙って原稿を読んでいる。

部屋の中で唯一の音は遠くのシャワーの水滴の微かな滴りだけだった。

「先生はずるい。利用できるものは何でも利用する」女が言った。

「黙っててくれないか？　もう少しで最初の部分が終わる」

男は顎鬚を撫でながらそう言った。

「それに利用するのされるのはお互い様さ」

「はい、すいません」女は口を押さえた。

女は足を組み、戻して、また組んでを繰り返した。それから周りをキョロキョロ見て、何かに気付いたように立ち上がって、男が放り出した紙袋の中から小さなポーチを取り出し、その中からリップクリームを見つけて唇に塗った。

「この浜田という女子は、君のことだな」男が言った。

女はソファーに座って「はい」と言った。「分かります？」

「そりゃ分かるさ」

男は続きを読み始めて再び部屋全体に沈黙が訪れた。

女は空気中に漂う原子か分子でも数えようかと身構えた。

するとドアのベルが鳴り、男の指示で女がドアを開けると、ルームサービスが入ってきた。

「適当に置いておいてくれ」

男が言った通りに、料理と赤ワインがワゴンの上に放置された。

「今日は赤だとどうして分かった？」

男は女の服を見て言った。

「知りません。気の利いたセリフはとっといてください」

女は言った。

「折角だから少しくらい飲むといい」

男は馴れた手つきで速やかにワインを開けてグラスに注ぐ。

「嫌です。その手には乗りません。もう」

女は窓の外の夜の無限の黒を見た。窒息しそうな漆黒を遮るかのように窓に映る彼女の自画像はひどく幼く見えた。だがそれが純潔—innocent—ではない、ただの空虚—absent—であると彼女は知っていたから開かない窓に手をやったのである。触れたくても触れられない、あるのは冷たいガラスの現実だけだった。

「その窓は開かない」

野暮な男だと彼女は思った。だがもしその野暮が無ければ自分はここにいなかった、とも思った。

「やるべきことはわきまえているつもりだよ」

男は椅子に腰掛け、灰皿を手元に引き寄せた。

「何をやるべきかって誰が決めるんですか？」女は食い下がった。

「水ならいいだろう？　まずは何かを飲んで落ち着いたらいい。そんな気持ちじゃいいものは書けないよ」

男は水差しを傾けてコップに注いだ。

「どうせ興味なんか無いでしょう」

女はどっどっと床を鳴らしてテーブルまで歩き、コップを引ったくって水を勢いよく飲んだ。その喉が波打っている様を男は凝視していた。

「ところでこの田中という男だが、どうしてこんなに歌が下手なんだ?」

男は原稿を指さして言った。

女は呆れた顔で「そんなの知りません。設定ですから」と言った。

「随分と乱暴だね。何か理由があるんじゃないのか? 幼い頃に何かあったとか。逆にピアノを習っていたとか」

「先まで読んでくれたら分かります。確か書きました。ある程度読んでから質問してくれたほうがいいと思いますけど」

「君もそうなんだな」

「何がですか?」

「書いたことをすぐに忘れる」

女は黙って俯いた。「そうかもしれません」

「セックスと同じだ。私はそれが自然だと思ってるよ。つまりいちいち覚えていたら何度も同じことをやれやしない。飽きてしまうから」

「私は覚えています」女は赤い顔を上げた。

男はタバコを灰皿に押し付けて火を消した。

「とにかく、この音痴ってところがあまりにとっぴな設定だったから気になってしまってね」

「そう言う先生もお歌はそんなにお上手じゃありませんよ」

女はからからと笑った。

「はて、君の前で歌ったことなんてあったかな」

男は顎の無精髭を撫でながら原稿を再び読み始めた。

「都合の悪いことから順に忘れてる」

女はソファーの上に足を上げて抱え込んだ。「そりゃあストレスフリーだわ」女は納得したように頷いて男の髪を見た。

「腹黒さが髪にも現れてる」

男は黙ったまま原稿を読んでいた。

女は水の入ったコップを手にとってはテーブルに置き、少し口に含んでは、置き、それを繰り返していた。

「この部屋で進行中の物語を進めたければワインを飲みなさい」男は言った。

「嫌です」女はすぐに、はっきりとそう言った。

「酔わせて、眠らせて、ずるいことするんでしょう」

「物騒な。これでも私は紳士だ。立場を悪用などしない」

「そう。でもそんなことはどうでもいいから早く先を読んでください」

「この物語の季節は夏なんだな。暑いのは苦手だ。じめじめと首元が気持ち悪い」

「先生が嫌いな夏にした」

「君はこの田中、いや山本？　いや、田中か。という男に特別な思い入れを？」男はテーブルに置いてあった眼鏡をかけた。

「そう。実直で、真面目で、不器用で、嘘が無い人。先生と真逆の人」

「じゃあ僕は誰だい？」

「先生は出てこない。あ、嘘。途中から出てくるいやーな経営者。それが先生。強いて言うなら」

「この、売上がどうのこうのと言って、店を潰そうとする男か？」

「そう。憎しみを込めて書いたわ。先生に教わった通りに」

「僕はそんな良いことを教えたかい」男は苦笑いしながら原稿を読んでいる。「つまり相当に僕は君を気に入ってるらしい」

「身を以て教えてくれたわ。別にいやらしい意味じゃなくて」女は首を振った。

男は頷きながら読み進める。女はコルクを弄んでいる。

「この島田という女性は想像の産物かい？」

「だったらどうなの？　想像だとまずいことでも？」

「いいや、別に。想像無しに小説はありえないからね。無論、真実無しにはもっとあり得ないが」

女は男の方を見ながらコルクを握りしめていた。それから「田中という人は元彼がモデル」と言った。

「ほう」男は原稿をめくり直した。「それはいつのことだね」

「付き合い始めたのは一年前。でももう別れた」

「そうか」男は特に表情を変えずに再び原稿に戻った。

「別に先生が原因じゃないから。そこは気にしないで」女は男を凝視する。男は反応しない。

しばらく原稿を読んでいた男が吹き出した。

「どうしたの」女も笑った。しかし表情には不安が滲んでいた。

「誕生日の客が来る度に歌うのか？」

「そうよ」

「行ったことがあるのか?」

「うん」

「その、田中という男、と?」男は女を見た。女は目を逸らした。

「忘れちゃった」女はコルクをゴミ箱に向かって投げたが大きく外れた。彼女はそこに行き、前屈みになってそれを拾った。薄手のパンツ越しに浮き出た黒いショーツが語る尻の造形を男はさらりと凝視した。

「一度行ってみたいものだな。今度どうだ?」

「バイトがあるから無理。来週の水曜日しか空いてない」

「あいにくその日は予定がある」男は再び原稿を読み始めた。

「外で食べるのは苦手でしょう? 先生すぐ不機嫌になるから。ほら、前に行った西麻布のお店だって」

「あれは下品な客がいたのが悪い」

男は立ち上がってワインのボトルを手に取り、グラスに注いだ。減っていない方にも。同量になったグラスの一つを手に取り少し口に含んで、ごろごろと下品な音を鳴らしてから飲んだ。

「下品なやつは自分が下品だと思っていない。むしろ常識人でしかも通だと思っている。だが性根が卑しいから不安だ。その場にふさわしいのか? 味は分かっているのか? 料理に対する知識は十分か？　そしてとにかくうまく立ち回れているか？　店主に認められているか？

不安だから店主に媚びを売るように無駄話をする。するとどうだ、店主の腕が止まる。店主にとって客は神だ。だがそれは本心ではない。そう思わねばやってられないからだ。だからまるで気が進まなくても話を聞くために手を止める。腕が止まれば思考も止まる。その停滞は一円も生まない。それを馬鹿な客は知りもしない。自分達が店の足を引っ張っていることを知りもしない。それどころかその店は自分達のおかげで繁盛していると思いこんでいる。救いがたい馬鹿どもじゃないか。

そいつらに馬鹿と言って何が悪い。店主が言えないのだから僕が言ってやっただけだ。

僕の後悔があるとすれば、プロはそれくらいのことで動揺するものではない、客による停滞は自分の責任で取り戻すのがプロだと自負している彼らの自尊心に対して、それでもやはり品質と味が落ちているではないか、だから、と追求してしまったことだ。彼らのプライドを考慮できなかった僕も馬鹿ではあった」

男は再びワインを口にして、「店には悪いことをした」と言ってテーブルの片隅の分厚い革の手帳を見た。

「で、私の小説のお味はいかがですか？」女は前のめりに言った。

「その点において僕は上品な客ではないよ」男は再び座って、原稿を読み始めた。

男は寝息のような呼吸をしながら原稿を読んでいる。時折女は男を見る。あるいは男にたっぷり注がれたワインを眺めて小さくため息をつく。

薄暗い部屋には微かに時計の針の時を刻む音だけが聞こえる。女は抜き足差し足で窓辺に近づいて外を見る。遥か彼方の地上では車のライトが斑に伸びている。誰かがクラクションを鳴らしたが理由が分からない。それしきでは絵の構図はピクリとも動かない。

「この店長の山本ってのと、田中は大学の同期で軽音部なんだろう?」

「そうよ」

「山本はいいとして、田中は大学を出てから何をしてたんだ?」

「知らない」

「大方、ミュージシャンにでもなる夢を追いかけて、破れて、現実に戻って来たってところか」

「それならそれでもいいじゃない」

「だが一流企業だろう? この店を出してる会社は。よく雇ってくれたもんだな」

「別にそんな細かい設定はいいのよ。大学が一流だから、入れてくれたのよ」

「一流? どこの大学が?」

「どこでもいいじゃない。どこかの大学よ」

「まさかウチじゃないだろうな?」

「先生はひねくれ者だからそう言うけど、世間では一流とされているの」

「初耳だ」男は笑った。

女は無関心を装って、コースターの位置を変えた。

「鳴り物入りで中途入社したウェイターが音痴だった、だから店が経営不振になりました、か」

「別にそれだけが原因じゃないから。コロナとか、そもそも単価が高いとか、色々あるのよ」

「その色々を打開するにはちょっとこの店長、山本くんでは力不足だったってことか?」

「真面目で優秀な店長さんよ」

「具体策に欠けると思うが」

「別にビジネス書じゃないんだから。そういう突っ込みは要らないわ」

「でこの山本くんは、アルバイトの浜田さんとそういう仲で、これはどちらからアプローチを?」

「うーん、書いてはないけど、多分時給の相談とかをした時に、店長からイヤらしい提案があったんじゃない?」

「だったら恋仲にはならんだろう」

「別に恋仲だとは言ってないし。そういう関係なら何でも」

「君は好きでもない男と寝る女の気持ちが分かるのか?」

「なんでそんな嫌な聞き方するの?　先生今日機嫌悪いの?」上目遣いで女が言った。

男は「別に」と言って原稿を机に放り投げてタバコを吸い始めた。

女は部屋に充満し始めたタバコの煙にむせた。

「どうして禁煙やめちゃったんですか」

「夢に出たんだよ。新幹線の喫煙車両でたらふく吸ってる自分の姿が。そこしか空いてなかったんだ。そしてどうしてもそれに乗らなければ間に合わない。

僕はチェーンスモーカーどころか、無限に吸っていた。あれは鎖というより最早メビウスの輪だな」

「夢で見ると覚めても引きずる。私も」女が頷いている。

「今朝は君が夢に出たよ」

「え?」女は男の方を見た。だが既に男は原稿を見ていた。

「山本くんとしては、店が無くなると職を失うし、彼女も失う。でもこの浜田って子は学生のバイトだから別に店がどうなろうと構わない。これは素晴らしい真理だ。もし彼女も正社員だったらこうはならない」

「恐縮です」女はコルクの匂いを嗅いだ。「先生は他の人と違って小難しいことを言わないから好き」

「若い頃は誰もが不安で良い服を着たくなるもんだ。身の丈に合ってなくても」

「だったら私は裸でいいわ」

「それもいいだろう。だが外に出て初めて寒さに気付くんだ。君はまだ母親のお腹の中ってことだな」

男は原稿をめくった。

「ところで田中はどうなるんだ？　彼と周囲との関係は？」

「一応浜田さんのことが好きなんだけど、設定上は。明確に書いてはいないけど。でも片思い。それは」

「さぞ、愉しんで書いたんだろうな」男は女を見てそう言った。

「書くのは辛い。不安しか無い。明日も同じように書けるかどうかが分からないから」

「だったら書かなければいい。作家なんてこの世に腐るほどいる。君が書かなくても誰かが書くだろう」

「私が書くのと同じ話を他の人が？」

「ああ、どうせどこかで聞いたような話ばかりだ。君のも例外じゃない。そもそも」

男はワインをギュッと飲み干し、続けた。

「娯楽が満足に無い時代が想像できるか？　今みたいにテレビや映画や漫画やスポーツやレジャーやゲームが無い時代は確かにあった。想像するのも難しいほど時間を潰すのが困難な時代に、ふと現れたのが小説なんだ。紙と印刷。この条件が整った上で、誰か筆の立つ人間が何だか面白いことを書いた。そしてそれが飛ぶように売れた。これが小説の始まりだ。確かそれはイギリスだった。なかなか下世話な内容だったと思うよ。刺激的だったんだ。江戸の春画、昭和のエロ本みたいなもんさ。今じゃ想像もできないだろうがとにかく人々はこぞってそれに夢中になった。そしてそれを書いた人間は名声と富を得たわけだ。当然それに続けと、真似をする輩《やから》が現れる。かのルソーもその一人だ。君がどう思っているかどうかは知らないが、そこには何にも高尚なことは無い。ただ売れれば良かったんだ。他にインドアで没頭できる楽しみが無い民衆には画期的な娯楽だった。

　だがいつの間にかテレビや漫画より本を読めだとか、読書感想文を書けだとか、小説家は芸術家だとか、偉大な文学作品というのはどうのこうのとか言うようになって、それに飽きたら今度はもう小説は死んだとか、文学はもうダメだとか言い出す。実に勝手なもんだ。そんなやくざな世界で君は何を成そうと言うのか。いや、何も成せない。成さなくていい。初心に帰ればいい。それを読んで人は喜ぶのか？　楽しいのか？　何かこう、驚きがあるのか？　あるいは笑いか？　それだけだ。大したことなんて何も無い。ただ、それだけなんだ。だが待て。それだけだからこそ、気を付けなければならない。民衆ってやつは一度食べた味を決して忘れはしない。

だから君がもし、彼らが既に似たようなものを食っているのを知らずにそれを提供したならそれこそ愚の骨頂というやつだ。

だがこの世にはそれを確実に避ける方法が二つある」

「何？」

「一つは、ひどく難解にすればいいのさ。知識人どもを煙に巻いてやれば良い。何なら本人すらその解読に手を焼くほどに」

男はワインを注ぎ足した。

「だがそれじゃまるで出来の悪い息子だな。親馬鹿ってのは盲目的で独善的な作者のことなのかもしれない」

女は手に持っていたコルクを握りしめて自分の腹に押し当てた。

「もう一つは？」女が言った。

「味音痴だけを相手に化学調味料をふんだんにぶちこめば良い」男はそう言って笑った。

女は男を見ながら言った。

「昔は泣いたけど今は平気よ。先生は貶すことしかしないの知ってるから」

「じゃあなんで読んで欲しいと思うんだ？　これが課題だからとは言うまい？　あるいはそこに山があるからか？」男は笑った。

女は黙った。口は閉じたが目は窓の外を見た。空から落ちてきた雪の結晶が窓に張り付いて汚れた水滴に変わった。

「田中は歌の特訓をして、それなりにうまくなって、でもその本来の良さってのが無くなるんだろう？」

「そうよ」

「そして店は潰れて、散り散りになる」

「ええ」

男は原稿を女に突き返した。「何が面白いんだ？」

女は受け取って「私は面白いと思った」と言い、力無く机に置いた。

「嘘。自分が書いたものに自信なんか無い」女は言った。

男は腕を組んで座り直して言った。

「準備が足りないように思えるね。さっきの話じゃないが、小説を書くのは登山に似ていると僕は思っている。手ぶらで登れるほど甘くはない。そもそもその程度で登れる山を登っても感動なんてありはしない。入念な準備、周到な配慮、これ以上ないほどの覚悟を持って、頂に臨むわけだが、まぁ、当然、そんな準備だけですんなり登れたら苦労はない。むしろそこからが大変なんだ。道中予期せぬことしか起きない。どれも想定外な事態だ。用意しておいた道具なんてどれも役に立たない。それでも困難に直面する度にそれを乗り越えて、ボロボロになって、最後は精神力、なんて言葉は今じゃ死語かもしれないが、根性でね。指一本触れられるかどうかの山頂に、瀕死で辿り着く」

「じゃあ準備なんて無駄じゃない？」女が言った。

「それがそうでもない。最後の指一本分の距離は、今更ながら最初の入念な準備が生きてくる。だから準備はやっぱり大事なんだ。これが書くということだと僕は思っているが」

男はサラダボウルのラップを外そうとした。だがそれはしっかりと巻かれていてなかなか取れなかった。女が見かねて手を貸したらそれはすんなりと外れた。

男はサラダを小皿に取り分けて、フォークを女に手渡した。

「ありがとう」女が言った。

男は無視して食べ続けた。そして時折ワインを口に含んだ。

「怒ってるの？」女の声は曇っていた。

男は答えない。その部屋は乾燥していた。だからワインの量がグイグイ減った。

女は俯き、動かなくなった。「ちゃんと書けなくてごめんなさい」

男は天井を見上げ、そして頭を下げ、ため息をついた。

「冷めて硬くなってしまったかもしれないが、このお肉を食べなさい」

男は皿の上のアルミホイルを剥がした。

赤黒いいびつな直方体が姿を現した。元々は黄金色の液体がそれをしっとりと覆っていたのだろうが、今や所々乾燥していた。だがそれが人間の食えるものであること、しかもかなり上等なものであることは、その姿形と匂いから分かった。

彼女が仮にそれを初めて見たとしても、その口中に唾液のおびただしい分泌を感じざるを得なかった。この際目が舌に先んじてその感触を愛でたのである。そしてそこから堪らず鼻が匂いを盗み取り、感覚は彼女の脳に許可を出した。できることなら速やかに捕食するべきである、と。今や彼女は本能の虜であった。今にも貪り喰らわんとする獣じみた欲望に唯一抗う何かがあるとするならばそれは素手ではなく道具を使うべきだという理性だけであった。

「それっていつからそこにあったの？」

「そんなことはまるでどうでもいい。強いて言うなら人の歴史と共にあったものだ」

女は椅子に座った。

男は彼女の背後に回って紙のエプロンを付けた。女はその時男の手に触れた。男はさっと自分の手を引っ込めて自分の椅子に戻った。

女は男の見ている前で、ぎっぎっとやや硬直した肉にナイフを入れた。それはその表面の硬度とは裏腹に一度中まで刃が通れば、ぶるんと音を立てて肉は繊維もろとも裂けた。彼女はその感触に言いようのない快感を得た。動揺したまま彼女は肉片を口に運び噛み締めた瞬間に中から血と脂が滲み出て舌の裏側にまで到達し、そこが彼女の隠れた性感帯であることを生まれて初めて知った。

「君が将来どれだけ有名な作家になって、仮に莫大な財産を手にしたとてそれでも手に入らないものがあるとすれば、それは本当に美味しい食事だよ」

「どういうこと?」

「あるところに二人の男女がいたとする。その日の夜、男は女にプロポーズをするために、とびきり良いお店を予約した。それは都会の、値段が高いだけの、そういう目的のためだけにある店のはずだった。だが偶然にも、その日だけ本当に美味しい店になった。その日だけ、たまたまフランスかどこかから戻った腕利きのシェフが調理を担当したんだ。そんなことを知らないその男は、運ばれたままにスープを口にする。これが腰を抜かすほど美味《うま》い。その後運ばれてくる料理も、例外なく、どれも美味い。女も大いに喜んだ。

だから男は最後まで指輪を渡せなかった。料理が美味すぎてタイミングをはかるどころではなかったんだ。でもそれは問題か？　いつ話を切り出そうか、ハラハラしながら何を食べているか分からない時間を過ごすより、その方が二人にとって幸せだったのではないか？

当然二人は結婚してからしばらくして、その日の記憶を蘇らせるべく、再びその店に訪れる。だがあの日の味は偶然だった。彼らは落胆する。舌が肥えたのだろうと自分達を納得させるかもしれない。そして生活に余裕が生まれた時、あの時と同じくらいに感動できる料理を探すだろう。だがそこに辿り着けるだろうか？」

女は肉を噛み締めながら男を見た。

「今は僕のせいでその但馬牛のフィレステーキは粘土のような味かもしれない。本当は素晴らしいお肉で、本来なら喜んで頬張る類いのものだ。だが君にも責任はあるね。さっきも言ったが、いくら素晴らしい作品を書いても美味いものに辿り着くことはできない。本当の旨さを味わいたければペンを置くしかない。それでも書くと言うならば君は一体、何のために書くのかね？」

女は俯いた。数秒の沈黙のあと、おもむろに席を立ち、ベッドルームへと消えていった。男は女の涙の先にあるものを見届けてから、フォークの代わりにペンを手に取り、束になった原稿を拾い上げた。

『ラバーズ・ミート・アゲイン』

上質な米国産牛肉だけを使った低温調理のローストビーフを振る舞う一流レストラン「フラワーズ」の店長山本は二つの理由で頭を抱えていた。

一つは店舗の売上が三ヶ月連続で目標未達であること。これにより本部は「引き締め」と「最後通牒《つうちょう》」の通達をしてきた。通常であればこれらはそれぞれ段階を踏んでもたらされるのだが、業績悪化の度合いが急を要するものであったためにこのような雑な処置となった。

もう一つは不倫相手の浜田が妊娠したことである。浜田はこの店のアルバイトの女子大生であった。

バックヤードの事務机で頭を抱えている山本はフロアから聞こえるざわめきを恨めしく思った。今日のように、週末は常に満員であった。だが平日の客足が明らかに遠のいていた。かと言ってとれる有効打も無い。全体的な消費が冷え込んでいるのだ。特にフラワーズのような高級店はよほどの記念日でもない限りは庶民は利用しない。追い打ちをかけるように、近所にもっと安い肉を提供する店が増えた。結果、フラワーズの孤立化は顕著であった。

フロアからは「ライフ・イズ・スウィート」と、誰かが何かを祝うような歌声が聴こえてくる。

この歌「ライフ・イズ・スウィート・ウィズ・ユー」は、フラワーズで聞くことができる伝統的な誕生日ソングで、本国の創設者が、大切な孫の誕生日を記念して著名なジャズ音楽家であり黒人作曲家のダニエル・エリントンに依頼して作成した。創設者は、誕生日を祝う際に流れるありきたりのハッピーなバースデイソングではなく、もっとオリジナリティ溢れる楽曲を望んでいた。ダニエル・エリントンはその要望に応える形で、ジャズの要素をふんだんに取り入れた「ライフ・イズ・スウィート・ウィズ・ユー」を作曲した。この曲は、エリントンの特徴である複雑なリズムとハーモニー、予測不可能なテンポの変化を取り入れつつ、心温まるメロディと歌詞で構成されている。

Life is sweet with you, through storms we ride,
In you, my trust, if paths divide,
Remember well, from heart we start,
Lovers meet again, never apart.
(あなたといれば、人生はこんなにも甘い、
どんな嵐も二人で乗り越えられる。
あなたへの信頼があるから、たとえ道が違っても、
心から始めよう、恋人達はいつも再び巡り合う。)

自然な、飾り気のない、山本曰く天使のような歌声の主は浜田のそれであった。この店の全盛期においては毎晩、当たり前のように見られた光景であった。


「店長、お話があります」

浜田からそう切り出されたのは、一週間前のことだった。山本は彼女の声色、顔色、から「只事ではない」何かを感じ取れるほどには人の上に立つ素養はあった。現にその素養に憧れて浜田は彼を慕ったのである。

さて、別れ話か、それとも、と山本は思った。そして彼が考えたのはもし後者であった場合の対処方法である。山本は次に起きうる様々な事態に対処するべく心の準備をすることはできる男だった。だがそんな彼でも最も重要な段取りを怠ったのである。

「私、どうしたらいいですか？」

浜田の顔はしおらしく、それでいて打算的だと山本は思った。


「どうしたものか」事務机で頭を抱えていた山本は深いため息をついた。

天使の歌声はいつしかやんで、別の卓のための伴奏が流れた。そしてフロアはその、天使とは打って変わった悪魔の雄叫びのような歌声にどよめき、笑い――それは肯定的ではない嘲笑的な笑いだった——そしてざわめき、時に子供の奇声が聞こえて来た。

「またか」山本はゆっくり立ち上がった。

フロアを阿鼻叫喚《あびきょうかん》に陥れる悪魔のような歌声の持ち主がここぞとばかりに歌うには理由があった。天使は今、オーバーワークは厳禁だ。山本は男として、あるいは店長として、仕事を休めと言っている。だが浜田は「バイトしないと生活ができない」という建前で山本に会いに来る。ならばせめて大人しくしていろ。もう客の前で歌わなくて良い。それで済めば良かった。だが、現に歌い続けている田中の声を震えながら聞いていた歳の頃三十手前の細身の女子店員である島田は我慢の限界に達した様子で走り出す。

「店長、もう無理です。田中さんに歌わせないでください」島田がノック無しに事務所に飛び込んだ。

「この店、潰れますよ」島田はそう言って机を叩いた。

山本は、ああ、だが問題はそこじゃない。別に誰が歌ってもダメなものはダメだ、と言いたいのを我慢して「分かった、田中には言っておく」と言って興奮状態の島田を現場に戻した。

その日の店舗の営業が終了し、何か言いたそうな浜田を一旦帰し、残った仕事を片付けるべく山本は厨房の隅にポツンと置かれた自分のマグカップに残ったコーヒーを手にとって飲んで、ライトを消したら田中が現れた。

「まだいたのか」山本は言った。

「それはこっちのセリフだよ」田中は興奮した表情で言った。「今日は盛り上がったと思うんだ」

「何が」

「歌だよ。俺の歌。下手は下手なりに、割り切って歌うことに決めたんだ。浜田さんがその方がいいって」

山本は黙ったまま事務所の机に向かい、電卓を片手に計算を始めた。

「まだ帰らないのか?」田中はシャツのボタンを外しながら言った。

「ああ、お前は帰れよ。ただのバイトなんだから」

「社員さんは大変だな」田中はシャツを脱いで自分のロッカーを開けた。

「そう言えばお前、来週の水曜日休むって言ってたな」

「ああ、久々にスタジオに入ろう思って」

「一人でか?」

「もちろん。何ならお前も来るか?」パンツ一丁で田中は言った。

「完全にやめたんだよ。音楽は」山本は伝票をめくりながら電卓を叩いている。

「勿体ないと思うぜ。お前ほどのボーカリストはそういない。俺は今でもそう思ってる」

「じゃあ、お前ほどのギタリストにこうして苦手な歌を歌わせて申し訳ない、とでも言えばいいか?」山本は田中に言った。田中は自分の帰り支度に専念していた。

「いや、苦手でも何でもないんだ。ただ、まだコツが掴めてない。大学時代はお前が担当だったから真面目に考えたことなかったけど、俺、いつでもその気はあったんだぜ。だからお前が言いづらそうに、この店、歌うんだ、って言った時、なんだお前、俺を誰だと思ってるんだ、って思ったものさ」

興奮気味に話す田中に、返す言葉が見つからない山本は話題を変えようと思った。

「我らがベーシストのミキはどこ行ったんだっけ」

「ベニマル商事だよ。前にも教えただろ。お前、興味が無いことをさっさと忘れるその癖、何とかしたほうが良いぞ」

「別に興味が無いわけじゃないんだ。むしろ前向きに考えている。けど忘れてしまう」

山本は冷めたコーヒーを飲んだ。「セックスと同じだな」

「何言ってんだお前」田中はリュックを背負った。「あーでも、浜田さんに俺のギターを聴いて貰いたいなぁ。彼女きっとそれだけで俺のこと好きになっちゃうかもな。ギャップってやつ? そういうのに憧れてミュージシャン目指したってのは嘘じゃないからな」

「彼女が好きなのはもっと軽めのポップなやつだと思うよ」

「それが望みならそうするさ。弾けと言われればクラシックだって弾いてやるぜ」田中は興奮気味にギターを弾く素振りを見せた。

「残念ながら浜田さんはその日はシフトが入ってる。またにするんだな」山本はそう言って再び電卓と伝票に向かった。

田中は我に返り、リュックを背負い直して、

「お前も色々大変だろうけど、人生気楽に行かないと損だぞ」と言って勢い良く自分のロッカーを閉めた。

「そうだな」山本は気のない空返事をした。

「先に上がるぞ」

「ああ、お疲れ」山本は田中の方を見ずに手を少し上げた。

田中は腕を回しながら颯爽と出て行った。

山本はスマホを見て、数回の浜田からの着信履歴を見て、手元の伝票の束を見て、足元のゴミ箱に捨ててあったタバコの箱を拾い上げて中を見た。ほとんど残っていた。それからしばらくそれをじっと見て、再びゴミ箱にそっと戻した。

「空っぽなのは俺の方か」山本はそう呟いた。

翌日の開店前に、昨日の夜は山本が座っていた椅子に足を組んで座っているのは白髪混じりの初老の男である。艶のあるグレーのスーツを着て、腕には重厚なメタルの時計を着けている。

「対策を聞きたいんだよ。俺は。対策を」彼は冷たい声で、目の前に立っている山本に言った。

「ええ。オーナー、ですから、こちらの提案を」山本は机の上の書類を指さした。

「こんなの絵に描いた餅だろう。俺は具体的に、かつ、確実に、業績を回復するにはどうすればいいかを聞いてるんだ」

「はい」山本はチラと時計を見た。

「バイトは何時に来るんだ？」

「あと十分くらいかと」

「こんな無様な姿見せられないだろ」

「はい」

「それにお前、バイトの子にちょっかい出してるんだって？　やることやってからやれよそんなこと。仕事無くして路頭に迷うぞ？」

「申し訳ありません」

オーナーは薄っぺらい革のカバンを持って立ち上がって「来週までには考えておけよ」と言って事務所を出た。

山本は机の下のゴミ箱をガンと蹴った。中身は空っぽだから乾いた音が響いた。

「お疲れ様です」事務所のドアの向こうの裏口から浜田の声がした。

山本は机の上に散らばった書類を慌ててまとめて引き出しにしまった。

「オーナー来てたんですか？」着替えが途中のまま浜田が入って来た。

「ああ」山本はだらしなくはだけた浜田の胸元を見た。

「大丈夫ですか？」浜田は心配そうに山本を見上げた。

「大丈夫だ。多分。そんなことより早く着替えて来い。誰かに見られたらどうするんだ」

「だってみんな知ってますよ私達のこと」浜田が小声でそう言った。「あ、私は言ってませんからね」

山本はゆっくりと椅子に座った。

裏口から誰かが入って来る。

「あ、田中さん、おはようございます」着替え終わって女子ロッカーから出てきた浜田が言った。

「おはよう。今日も早いね。店長もう来てる？」

「来られてますよ」

田中が事務所のドアをノックする。

「どうぞ」と山本が言うと同時に田中が勢い良く入ってきて「俺さ、教室通おうかと思って」。

「なんの」

「ボーカルレッスン」

「なんで」

「店のために決まってるじゃん」田中はスマホの画面を山本に見せた。「通勤経路にあるんだよ。ちょうどいいのが」

画面には「大宮ボーカルスクール」の文字。

山本はスマホを退けて、田中を見た。そして何かを言おうとしたが、やめた。

「やばいんだろ？　経営」田中は表情を変えずにそう言った。

「ああ」

「俺もできることやるって。俺の歌で客が減らないようにするよ」

山本は黙ったまま書類を見ている。

「俺さ。昨日も言ったと思うけど、コツが掴めてないだけなんだ。こう、あと少し何かがどうにか噛み合えば、全部綺麗に揃う。それは分かってるんだ。だからきっかけが必要で。トレーニングと言っても、もしかしたら最初のお試しレッスンで開花するかもしれない。でもそれだけでやめちゃったら申し訳ないからしばらくは通うけどね」

山本は、言いたいことを言って事務所から出ていく田中の背中を黙って見ていた。田中の姿が視界から消えて山本はようやく堪えていた笑いを全部吐き出そうとしたが、苦笑いになるだけだった。そしてボールペンを手に取り「バカは死ぬまで治らない」とノートの端にそう書いて、ぐしゃぐしゃと塗り潰した。

扉の向こうからは浜田の声が聞こえる。

「えー、そうなんですか？　私応援します。今度カラオケ行きましょうよ」

山本はノートを閉じてペンを引き出しにしまった。

静かな郊外のマンションの入り口。「パークホーム練馬」の立て看板はところどころ錆びていた。

「ただいま」仕事を終えて帰宅した山本は、暗い廊下を手探りでスイッチを押して明かりをつける。

「あ、おかえり」居間のソファーで寝ていた彼の妻智子が半身を起こす。

「またつけっぱなしで寝てたのか」山本はテレビを指さしてそう言った。

智子は「何か食べる？」と言ったが、山本は「いや、外で食べてきたから風呂にする」と言った。

智子はテレビを消して再びソファーに寝そべった。

「布団で寝ろよ」廊下から山本の声が聞こえる。智子は「はーい」と言いながらぴくりともしない。

風呂上がりの山本は冷蔵庫を開けた。中にはラップされた煮物があった。彼はそれとビールを取り出して、煮物をレンジに入れて温めた。

「それ試作品だから美味しくないかもしれないよ」智子が低い声で言った。

「飲食をやる者にとっては素人の手料理は興味の対象なのだよ」山本は煮物をレンジから取り出して、ラップをすんなりと外し、ビールを開けた。

「今日幼稚園の参観日だったんだけどさ」

「うん」山本は煮物を口に入れた。

「タケルってめちゃくちゃ歌がうまいの。誰に似たのかね」

山本は一瞬咀嚼《そしゃく》を止めて、それから「そうか」と言った。

「将来歌手の道とかもあるかな?」

「まだ早いだろう。それよりこれ、みりんか砂糖か、入れすぎだろ」

「そう?　割りといい出来だと思ったけど」

智子は腰を押さえながら立ち上がった。

「でもなんかさ。良い歳して駅前で空き缶の前で路上ライブしてる姿を想像すると、やっぱりまっとうな仕事に就いて貰うのが良いのかもね」智子は夫の顔をじっと見た。

「どうだろうね。歌うのをやめたとて、鼻歌交じりで生きられるほど世の中甘くないぜ」

「うまいこと言うね」

彼女はよろよろとテーブルまで歩いてきて山本のビールを一口飲んで「ぷふぁー」と言った。

「寝る。おやすみ」そう言って居間から出て行った。

ビールを飲んでスマホを見ると浜田からメッセージが来ていて
「私、産もうと思います」

その後に、小動物がガッツポーズをする絵が添えられていた。

山本は「次会った時に話をしよう」と入力して送信せずにそのままスマホをテーブルに置いた。

煮物は残してラップをかけて冷蔵庫に入れた。

開店前、事務所の机で一人電卓を叩いて頭を抱えていた山本の背後から島田が声をかけた。

「客足、戻りませんね」

山本は振り返って「そうだね」と言った。

「あ、すいませんドアが開いてたので」

「いいよ。今日は早いね」

「旦那のクリーニングを取りに行ったら引換券忘れてたみたいで、戻るの面倒だからもう来ちゃいました」

「タワマンってやっぱ面倒なの？」

「エレベーターが遅いんですよ。特にこの時間帯は」

山本は適当に相槌を打って、伝票を揃えてバインダーに戻した。

「店長、あの噂って本当なんですか？」

「ん？　どの噂？」

「浜田さんの件ですよ」

「ああ、あれね。正直ノーコメントってことにしたいね」

「ですよね。でも私、お二人が手を繋いで歩いてるとこ見ちゃったんですよね。朝の歌舞伎町で」

「ああ、そうなんだ」山本は動じる気配もなく、そう言う君はなんでそこにいたんだとも言わず、黙ってパソコンの画面を見ている。

「で、相談というわけでもないんですが、私の時給ってもうちょっと上がりませんかね？」

山本はパソコンを操作しながら「そうだねぇ。島田さんは働き始めてちょうど一年で、今1400円だからまあ妥当っちゃ妥当だね」

島田はスマホを取り出していじりながら「これ、違います?」と言って男女が手を繋いでいる写真を山本に見せた。少なくとも男の方は山本に見えなくもなかった。

「奥さんのLINE知ってるんです。忘年会だか新年会の時に来られていたからその時に教えて貰ったので」

「写真を送られたくなかったら時給を上げてくれ、って感じ?」

島田は黙って頷いた。

「その交換条件にもう一つ追加しても?」

「何ですか?」島田は興味深そうに山本を見る。

「田中とうまくやってくれないか?」

「無理です」島田は即答した。

そして後退りした。「無理無理。絶対。私あの人、生理的に無理」

「そこを何とか」

「いえ、でしたら私、辞めます。この店」

「それは困るな」

「店長知ってますよね。針の穴を通すように私が田中さんと一緒に入らないように工夫してるの。イベントがある日は別として」

「うん。まあ」

「無理なんです。腕毛も、顔も、髪型も、体臭も、全部」

「ああ、音痴なところだけじゃなくて?」

「もちろんそれも」

「でも島田さんだけが異様に田中を毛嫌いしてるんだよなぁ」

「いや、店長に気を遣ってみんな言わないだけですよ。みんな毛嫌いしてますって」

「浜田さんはそんなことないみたいだけど」

「あー、あの小悪魔はそういうあざといところあるからなぁ」島田の声は急にトーンが下がる。

「ま、いいや。辞められたら困るんで、時給の件は前向きに考えておくよ」

「お願いします。なんか脅迫めいたことしてすいません」

「まぁ、しょうがないよね」

山本は小さくそう言って、ノートパソコンに向き直った。島田は事務室を出てドアをそっと閉じた。

田中の歌の改善はまるでなく逆に悪化し、同様にオーナーの罵詈雑言《ばりぞうごん》は日々エスカレートした。

「小学生のおままごとでもこれよりマシだぜ」

彼は一言放つ度に自分の細い右手首を振り回した。そこには皮ベルトの重厚な鋼鉄の時計が装着されていた。

「ビジョンを見せてよ。ビジョンを」

山本は立ったまま頷いている。

「俺が昔、監獄風レストランを立て直した時なんて、V字どころじゃないぜ。直角だぜ。垂直回復っていうの？

客商売分かってる？　理屈じゃないんだよ。君は頭は良いかもしれないが、ハートが無い。そんな人間が提供する食事を食べたいなんて誰も思わない。学校じゃ教えてくれなかったんだろう？　そんなことも教えてくれないなら何のための大学か分からんね。

厨房の連中は君のことが嫌いだそうだ。上辺だけで、心がこもってないと。彼らに言葉は要らない。それこそハートだけでいい。だが君はそれができない。

まず雰囲気が暗い。覇気も無い。うまく行きそうな気配がしない。俺の場合は違う。もう、雰囲気が違った。みんなの目の色も。だから一丸となって、どどどん、とこう、やれたんだよ。

分かるか？」

「はあ」

「いやいや、別に昔話をしに来たんじゃないんだわ。結果が欲しいの。結果が」

「ええ。ですから、来週チラシをこの界隈に」

「だから、このご時世誰もチラシなんて見てないって。ここ、恵美寿だぜ？　誰がチラシで来るの？　頭おかしいんじゃないの？」

「タワマン住民が狙いです」

「ポスティングの費用だって馬鹿にならないでしょう」

「いえ、自分達で配布します」

「たち？　アルバイトさん使うの？　じゃあその時給は誰が払うの？」

事務室のドアが開いて「失礼します」と言って田中が入ってきた。

「有志で、無償でやりますので」田中は頭を下げて言った。

「誰？」オーナーが山本を見て言った。

「すいません、バイトの田中です」山本は田中をオーナーに紹介した。

「初めまして、田中と申します」田中は頭を下げた。

「ああ、あの、元バンドマンの彼ね」オーナーが言った。

「はい、山本とグランジ系のバンドを」田中は山本を見た。山本は苦い顔をした。

「大手アパレルをクビになったんだって？」オーナーが田中を見て言った。

「どうも大企業の水が合わなかったというか」田中は大袈裟に首を傾げた。

「ウチも一応上場企業の系列なんだけど？」オーナーが腕時計を振り回す。「あと君、さっき歌ってた？」

「はい、本日はお誕生日のお客様が二組おられまして、そのうちの一組を担当させて頂きました」

「君、もう歌わないで」

山本は黙っていた。田中は何かを言おうとしたが、言葉にならなかった。

「不愉快なんだよね。君の声。歌以外で頑張って。別にすぐクビにするとは言ってないから」

「とりあえず持ち場に戻ってくれ」

山本が田中に言った。田中は黙って頷き、事務室を出た。

「だって彼の歌、前に比べて余計に酷くなってない？　サービス業だよ？　分かってる？」

山本は黙って頷いた。そして頭の中の思考を整理した結果、次の言葉を発した。

「彼は彼なりに良かれと思って努力をしています。私としてはそれを否定することはできません。彼の上司として結果が出るまでは経過を見守るつもりでいます。オーナーはこれを甘い、月並みだ、ビジネスはそんな単純なものではないとおっしゃるかもしれませんが、今の私にできることはこれしかありませんので」

　オーナーは山本の話を静かに聞いていた。そして山本の言葉が終わってから淡々と始めた。

「うん。君はいつも分かり切ったことを延々と語ってくれるよね。同じことを繰り返し、繰り返し、壊れたテープレコーダーみたいに。あ、そういうのがあるのを知らないかもしれないけど。昔あったんだよ。そういうのが。まぁいいや。結論が出ているのに、自分に酔ってるんだろうか、語る。とにかく、語る。誰も聞いていなくても、語るんだ。まるで観客のいない路上ライブのように。バカほどよく喋る。不安なんだろうね。自分を褒めたいんだろう。よく言葉を発している自分をね。よくやってるつもりだけど自信が無いんだ。僕はそういうのを見ると、おいおい正気か？　と思ってしまう。無駄口ばかり叩いて、いい加減誰かが無駄口を叩くなとそいつに言ってやった方がいいだろうと思えてくる。馬鹿馬鹿しくて時間の無駄。全くの茶番だよ。教えてくれないか。君は大企業がそういう人間の集まりだと誰に教わったんだ？　自力で見出したなら君は立派なサラリーマンだ。尊敬に値する」

　山本は何も言い返す事なくじっと黙って聞いていた。

「じゃ、また来週来るから。そのチラシの成果は、一応期待していいよね？」

「ええ」

山本はオーナーが座っていた椅子の埃を払ってそこに座った。


店が閉まって、山本が戸締りをして外に出ると、外で浜田が待っていた。

「お疲れ様です」浜田は缶コーヒーを山本に手渡した。

「なんだ、帰ってなかったのか」

「待ってました。まだ返事貰ってないから」

山本は缶コーヒーを開けて一口飲んだ。「無糖じゃないなこれ」

「あ、ごめんなさい。景品で当たったやつだからそれ」

「あそう」山本は二口目を飲んだ。「え？　景品？」

浜田は聞こえないふりをした。

二十三時を回ってもまだ煌々と明るい大通りを歩く二人は赤信号で止まった。

「聞きましたよ」浜田が言った。

「何？」

「ご家族で今度いらっしゃるんですって？」

「ああ、最後の晩餐ね」

「最後？」

「もう店が長くないから、せめて最後にって感じ」

「そうなんですか？　奥さんのお誕生日ですよね？」

「かもしれない」

「奥さんの扱いがひどいですね。私もいずれそうなるのかな」

山本は黙っていた。なるほど男女は例外なくこういう展開にどうしてもなるのだな、と思わざるを得なかった。

「チラシ大作戦は？」

「焼け石に水だな」

山本は飲み終わった缶を自販機の脇のゴミ箱に投げ入れたがそれはうまく入らず転がり落ちた。

それを見ていた浜田が足早に落ちた缶まで駆け寄り、前屈みになってそれを拾った。その時山本の目に入った浜田の尻の肉厚で豊かな膨らみが彼の空腹を刺激した。その渇望は彼の家族が満たすはずの余白に対して敢えて彼が蓋をした場所であった。何のためか。目の前の垂涎の対象たる肉塊を意のままに弄ぶためである。だがすぐにその都合の良い献身が放つ退行の気配に気付いた浜田の言葉で山本は頭を切り替えた。魔が差した、とは反省の言葉ではない。

「でも島田さんとか結構張り切ってましたよ。自分のマンションの住人は全員連行するとか言って」

「来ないよ。ウチ高いもん」

「でもタワマンの人達ってお金持ちなんですよね？」

山本は黙っていた。

「私、カミングアウトしちゃおうかな。ご家族で来られたら。だって最後なんですよね。何もかも。店が無くなって私達がクビになって、そしたら店長はまんまと私から逃げちゃうんですよね」

山本は苦笑いした。無数にある選択肢から逃亡だけを禁じられても、無為こそ最後の退路であると彼は考えた。沈黙こそ深慮であり、自ら前に出ず、歌わず、傍観者で有り続け、誹謗、嘲笑、罵倒にさえ耐えればやがて事態は収束するものだと。

「冗談ですよ。そんな勇気ありませんから」

山本は黙って頷いていた。

「そういえば」山本が言った。「田中の歌、どう？　何か変わった？」

「あー、そう、変わったと言えば変わりましたけど、なんかこう、逆になんか変な言い方ですけど、前の方が良かったというか」

「レッスン受けるとそうなる人がいるって聞いたことある」

「はい。でもそのうちうまくなるんですよねきっと。地道に通っていれば。ほら、有名な野球選手が、努力は裏切らない、とか言ってたじゃないですか」

「時間が無限にあれば、あるいはね」山本は呟いた。

駅前で二人は立ち止まった。

「大事な話は何もできてないですけど、お話しできたから今日はいいです」

「そうか」

「今日は実家に帰ります」

「埼玉の？」

浜田は何かを言いかけて、ああ、と言いながら笑って黙って頷いて、そのまま歩き出した。

山本はそれを見送ってから、自分もゆっくりと改札を通った。


山本の自宅にて、智子が慌ただしくウロウロしている。

「明日何着て行こうかな」智子はテレビのコマーシャルを見ながらそう言った。

「別に普段着でいいよ」山本は濡れた頭をタオルで拭きながら言った。

コマーシャルは若手女優による化粧品の宣伝だった。

「美人に何振り掛けたって美人に決まってるのにね。前にまろみんが言ってたけど」

「誰だそれ」

「知らないの？　神とか救世主って言われてる配信者よ」

「似たのが前にもいなかったっけ？」

智子は山本の話を聞いていない。

「腹立つけど、ついつい見ちゃうのよねこういうＣＭ。見惚れちゃう。ああやだやだ」智子は床を踏み鳴らす。

「この前のドレスがあったろう。婦人会だか何だかのために買った」

「それは地味でしょう。恵美寿なんだから」

「大丈夫だよ。身内だし」

「身内だって言ったたって、他のお客さんもいるでしょう？　私達だけみっともない格好できないじゃない」

「別に構わないよ。どうせ潰れるんだから」そう言いながら山本は部屋から出た。

智子は聞こえなかったふりをしてわざとらしくテレビに視線を向ける。「あー、いいなぁこれ欲しいなぁ」

智子が指さしたテレビコマーシャルでは、永遠に使える最強の美顔器と謳う商品をベテラン女優が宣伝していた。「若さに勝てる化粧や道具なんて無いのに、そう分かってるのに欲しくなる」

山本は歯ブラシを咥えて戻ってくる。

智子は素早く振り返り、

「本当に潰れるの？」と言って不安げに山本を見た。

山本は黙って頷く。

「仕事は？　これからどうなるの？　私達。タケルは私立は到底無理ってことよね？」

山本は歯を磨きながら黙って首を傾げる。

「あー、こんなことになるならちゃんと貯金しとけば良かった」

山本は何か言いたそうにするが声にならない。

「余計な服とか買わなきゃもうちょっとお金残ってたかもしれないのに、女って本当にバカね。目先のことしか考えてないんだから」

山本は再び廊下に出た。

智子は「パート探すかなぁ」と言ってソファーに突っ伏した。

洗面所から戻ってきた山本が、「今の店舗が潰れるだけで、どこか他の店に異動になるだけだよ」と言った。

だが智子は既に始まっていたドラマを食い入るように観ていた。

オープン前の事務所で山本は従業員に給料明細が入った茶封筒を渡していた。

「いつもありがとう」「あざっす」

「いつもありがとう」「うぃっす」

「いつもありがとう」「うっす。店長、今度またゴルフ行きましょうよ」「そうだね」

調理場のスタッフに一通り渡し終えた後、

「あ、島田さん、これ」山本はその日いつもより遅れてきた島田にもそれを渡した。

島田は深々と頭を下げて振り返ってすぐに中身を見た。

「え？　話が違うじゃないですか。上がるの今月からって約束でしたよね？　これ、先月と同じなんですけど」

島田は山本の方を振り返って明細を指さした。

「仕方がないんだよ。こればっかりは。期待に応えられず申し訳ない」山本は頭を下げた。

「そうですよね。全然お客入ってませんものね」島田は肩を落とした。そして「でも、それはそれ、これはこれですから。こっちにも考えがありますから」そう言って、勢いよく事務所を出て行った。


平日のやや遅い時間ということもありフロアは閑散としていた。それが山本一家のための貸し切りではないのは、他にも一卓既に客が座っていたことからも分かる。つまり店舗の経営状況が芳しくなく、そこで提供される食事はまさに最後の晩餐の様相を呈するものであったが、裏事情を知らぬ智子にはそれすら鑑賞の対象として舞い上がるに十分であった。

「ほら、じっとしてなさい」

智子はタケルが座っている椅子の背後に回った島田が彼にエプロンを装着するのを見守りながら言った。智子自身、精一杯のフォーマルなドレスを着ていたのだが、完璧な手付きで彼女にエプロンを着ける島田の所作に圧倒されていた。

タケルにとっては見るもの全てが珍しいのか、足をばたつかせて、しきりに「お肉」と連呼していた。

「やだもう恥ずかしい」

しばらく席を外していた山本が戻ってきて自席についた。テーブルを囲んで山本家が揃った。

「じゃあ、お願いします」山本は島田に言った。

「かしこまりました。本日はこちらのコースをご用意させて頂きました。最初に乾杯用のシャンパンをグラスでご用意させて頂いておりますが、お飲みになりますか?」

「シャンパンですって!」智子は口に手を当てた。

「じゃあ二つ。子供にはオレンジジュースを」山本はメニューを島田に返した。

島田は「かしこまりました」と一礼して去った。

「流石、恵美寿ね。あの店員さんも、相当美人じゃない？　前にどこかで会ったたっけ？」

「会ってると思うよ」普段は店長の立場から見ていた山本は、いつもと違って見える島田に智子と同じ思いを抱くことができた。そして山本の都合の良い脳髄は肉食動物が獲物を発見した際に分泌される赤ワインのようなエンドルフィンを愉しんでいた。

「僕はお子様ランチ？」タケルが父に言った。

「タケルも大人と同じのにして貰ったよ」山本が言った。

「大丈夫？　食べれる？」智子は心配そうである。

「大丈夫。親指くらいの大きさの肉しか出てこないから」山本は笑った。

「そうなの？」智子は更に心配そうである。

依然として、店内にいる客は他に一組だけである。

「明日幼稚園お休みで良かったね」智子がタケルに言った。

「たまたまなのか？」山本はタケルを見て言った。タケルは既にスマホに夢中である。

「先週の社会科見学の代休よ。前にも言ったでしょ」智子が山本に言った。

「そうだったっけ」山本は島田がテーブルにシャンパンを置くのを見ていた。

山本家から遠く離れたフロアの端で交わされる若い女と中年の男の会話のトーンはやや高めだった。テーブルの上のワインは手つかずで、コルクは緩く再装塡されていた。

島田はそのテーブルにパンを運んだ際に、男の顔をちらと見た。そこで目が合いそうになった瞬間に彼女はうまく目を逸らした。「ワインをお注ぎしましょうか」と島田は言ったが、男は黙って首を振った。

眼鏡をかけた女の肩はグレーのワンピースからむき出しになっている。男は革のジャケットを着て金のネックレスをし、テンガロンハットを被っている。

眼鏡の女が言った。

「ねぇあなた。この店長いの?」

「え? あ、はい、勤めて三年くらいにはなりますが」

「じゃあ聞くけど、これが本当に伝統の味なの? このローストビーフ、色合いからして既にマズいの。どうしてこんなに赤いのを平気で出すの? 誰も文句言わないの? 皆馬鹿なの?」

「申し訳ございません、もし気になるようでしたら別のものをお出ししますが」

「それにこの野菜達。全く元気が無いわ。本当に有機栽培なの? 脇役の自覚がまるで無い。言ってる意味分かる?」

「申し訳ございません」

「それに、もしかするとあなた達はこのグレービーソースに誇りを持ってるのかもしれないけど、全然お肉に合ってないわ。このお料理はどう頑張っても良くならない。前提が間違ってるから。私達は職業柄、調和というものをすごく重んじるの。ねぇスーさん」

「ああ」スーと呼ばれた男は頷いた。

「ここのお料理は全体的に、インスピレーションが欠如してるわ。アーティストに出すようなものじゃない。完全に、場所を間違えたわ」

「大変申し訳ございません。私どもにできることがございましたら何なりとお申し付けください」島田は落ち着いた口調で言った。

「まぁ良いじゃないか。別に食べることが仕事なわけじゃないんだから」スーが言った。

女はその後もしきりにぼやいていたが、やがて落ち着いた。

「その、スーさん、私」

「なんだい」

「私の勝手な勘違いだったらごめんなんだけど」

「ん？　どうした？　何でも言って」

「私別にそういうつもりじゃない、と言うか、なんだろう、良くしてくれるのはありがたいんだけど、そういうつもりじゃなかったらごめんなさいなんだけど」

「うん、言いたいことは何となく分かった。でも、だからってツアーに来ないって話にはならないだろう?」

「うん、それはそうなんだけど」

「俺は君のことがもっと知りたいと思ってるんだよ。これは真面目に言ってる」

「ありがとう。スーさんはいつもそう言ってくれるよね。本当に、私は嬉しいと思ってる。お父さんには本当に良くしてくれて、感謝してもしきれないくらい。スーさんがいなかったらうちの一家は路頭に迷ってたと思う。だから本当に感謝してるの」

「だったら」

「私なんかがいたって、でしょう? ツアーの最終日なんて、私の居場所なんて無いでしょう?」

「違うんだよ。分からないかもしれないが聞いてくれ。真面目な話だ。俺らのような商売はとにかく誤解されがちなんだ。なんせ騒がしいから。それもしょうがない。でもそうじゃないんだ。本当にいて欲しい人間が本当にいて欲しい時にいてくれることがまず、ないんだ。超満員の人混みが幾ら押し寄せてきたってそれは儚い雪の結晶みたいに手のひらで全部溶けてなくなる。実が伴わないから。それで一層、余計な寂しさを食らう。俺はそれがどうにも、苦手なんだ」

「単刀直入に言っていい？　テンション上がり切ったところで、一番都合の良い、もうすぐここに運ばれてくるフォンダンショコラのような女をじっくり味わいたいんだ、と言ってるようにしか聞こえないんだけど」

「すまない。そう思われたのならそれは俺の表現力の限界だ。仕事柄強がり以外の言葉は逆にしょぼいトーンにしかならないのは知ってる。でもその強がりは願わない方向に俺を持って行くだけでもある。だから内面は限られた人間にしか知られたくない」

そう言って、スーはテーブルを拳で軽く叩いた。

「これが俺の本心なんだ！」

「ごめん。私、本当にごめん」女は顔を両手で覆った。「力になれたらいいと思ってるのに」

フロアが静かだったことも手伝って、その女の声が異様に響いた。それだけならよくあることだった。だがその後、男が立ち上がって
「だったら、何で来てくれないんだ！　俺に学が無いからか！」と叫んだ。

「俺が中卒で常識も何も知らない、君達のようなエリートとは住む世界が違う、だから君はずっと俺のことを心のどこかで見下していたんだろう。それくらいのことは分かるつもりだ。こちとら読み書きくらいはできるんでね」

「ううん。素敵な詩を書いてるじゃない」

「なんも、立派なものではないさ。君らの語る小難しい理屈の前じゃ、子供のお遊び同然だろう。別に俺は構わないがね。やれることしかやれないのが人間だ」

「あなたの作品は大好き。でもだからってあなたのこともそうかと言うとそれは違う。他の連中は、盲目的にあなたを追いかけるかも知れないけど、それは自分の中に何も無いからあなたにそれを求めるのよ。自分がしょぼいから。私はそうじゃない。

認めたくないことだけど、そうじゃないかもしれない。でも、そうであってはならないと思ってる女なの。どうかそれを分かって欲しい」

二人が立ち上がって大袈裟な身振り手振りで騒いでいるのを見た山本は席を立ちかけたが、ちょうど二組の中間を歩いていた田中が山本を制するポーズをして、問題のテーブルに向かった。

「大丈夫かしら？」智子が言った。

「さあ」山本は気になって田中の動向を見守っている。店員から注意を受ける気配を感じたのか、男女は大人しくなったように見えた。

「よく来るお客さん？　見た感じ、普通の人っぽくないけど」智子が不安気に山本を見る。

「そうだね、初めて見たかな」山本は首を傾げる。

島田が料理の皿を山本家のテーブルに運び終えると再び向こうの男女が口論となった。島田は山本を制して二人の元へ駆け寄った。

「恐れ入ります、他のお客様もいらっしゃいますので、もう少し声を抑えて頂けますと」島田は終始低姿勢で彼らを諌める。

男女の口論は収まったように見えた。

「流石だわ。あの人」智子が感心する。

だが再び男女が口論を始める。

フロアの隅にいた浜田が見かねて二人のテーブルに行く。

「あら、あんな子もいたの？」智子が飲みかけたワイングラスをテーブルに置いた。

「学生のバイトだよ」山本はパンをちぎった。

「ここからだとよく見えないけど、アイドルみたいな子じゃない？　そっち系？」

「どっち系だよ」山本はパンを噛んでいる。

浜田がテーブルを離れると、再び男女の口論が盛り上がる。

「ちょっと行ってくる」堪まりかねた山本は智子が引き止める仕草をする前に席を立って男女のテーブルに向かった。

田中、島田、浜田はそれをじっと見守っていた。

「すいません、今はこんな格好してますが一応この店の店長をしております、山本と申します」山本はそこで初めて男の顔を見た。

そして背後のスタッフの方を振り返った。

男は著名なバンド「スキニー・ガイズ」のボーカルのスーだった。スタッフはほぼ同時に目を逸らした。

スーが低い声で言った。

「騒いですまない。いや、彼女がどうしても僕のツアーに来てくれないと言うものだから」

女は黙っている。

山本は言った。「いえ、まあ、他の客、と言っても今日は内輪だけなので」

「ああ、ご家族ですか？」スーはフロアの向こう側を見て言った。

「ええ。妻が誕生日なもので」

「それはおめでとうございます」スーは頭を下げた。

「実は彼女も誕生日でね」スーが女の方を見た。「うちらも先にケーキを持ってきて貰うか？」

女は黙って頷いた。

山本は一礼して、背後に控えていた田中の方に歩いて行き、

「知ってたのか？」と言った。

「いや、俺もさっき気付いた」

「このテーブルの担当は?」山本は恐る恐る言った。

「無論、俺だ」田中は親指で自分を指した。

「いやそれはまずい、浜田さんと代わってくれ」

「それは無理な相談だ。彼女はもうお前の卓のための準備に入ってる」

「まだ大丈夫だろう」

「交代の必要は全く無い。いわばこの日のために俺は準備したと言ってもいい」

「待て。落ち着け。冷静になれ。相手は日本を代表するロックシンガーだ。カリスマだ。鎌倉に豪邸だ。俺達はかつて何度もコピーしたよな。いわば、神だ」

「光栄じゃないか」田中は真顔で山本を見た。

「馬鹿言え。折角のオフでうちの店に来てくれたんだ。くつろいでいるんだ。多分お気に入りの女性と。それをお前が全部ぶち壊しにすることなんて俺が許さん」

山本は田中の腕を強く掴んだ。そして島田に「分かっているな。頼んだぞ。田中には歌わせるな」と言った。

島田は黙って頷いたが、山本が立ち去ってから「ふん。どうでもいいわ」と呟いた。

山本は自分の家族のテーブルに戻り、智子に事情を説明した。智子は言った。

「え？　だったらその田中さんって人に歌って貰えばいいじゃないの。ファンなんでしょ？　その、何とかって人の」山本から事情を聞いた智子が言った。

「無理な相談だ。お前は聞いたことがないからそんなことが言えるんだ。それに今日はオーナーが来てる」

「オーナーって、つまり、一番偉い人？」智子は山本を見た。「ご挨拶した方がいい？」

「いや、しなくていい」山本はタケルを見た。タケルはじっとスマホの動画を見ている。

「田中さんが歌うこととオーナーさんとどういう関係があるの？」智子は納得が行かない表情で山本に言った。

山本が説明をしようと腕を組み直した時、背後から野太い歌声が聞こえてきた。

「んおう、ライフイズすんいーーーといずゆ　ゾウストームうぃらいど」

それは紛れもない、田中の歌声だった。振り返った山本は止めようにももう間に合わないことを悟った。彼は頭を抱えた。床に敷き詰められたカーペットの毛が一本残らず震えているように見えた。

「いんゆうまいトラスト、いふぱすずでばいど、おお、素晴らしいリメンバー、ああ、感無量ふろむハートうぃすたあと」

不自然に誇張された身振りと、わずかに音程が外れて不快な音階となっている歌声がフロアに響く。田中は悦に入り独特なアレンジを加えていた。

「らっぱーずみとあげいん、yeah、ねっばあぱーと、これ以上ないディアー、yes、えーと、yes、」

田中はポケットからメモを取り出して、大きく頷いた。

「ハピバスデ、かなえさん」

田中は歌い切った。フロアは静まり返っていた。

スーは俯いたまま小刻みに震え、女は黙々と肉を刻んでいた。

そこへオーナーが出てきてぱっち、ぱっち、とわざとらしい拍手をして、「素晴らしい」と言いながら山本の方に歩いてきた。

「ちょっといいか?」

山本とオーナーはそのままフロアを出た。


事務室でオーナーの罵倒混じりの恫喝説教が繰り返されている中、山本は壁越しに微かに聞こえる浜田の歌声を聞いた。

「Life is sweet with you, through storms we ride,」

それはいつも通り、天使の歌声だった。何の心配もない。安定した歌声だった。それはまるで録音された機械の声のように正確で、いつだったか鎌倉かどこかで土産に買った工場生産のオルゴールのように非の打ち所がないと山本は考えた。

故に目の前の醜悪な経済の怪物の吐く予測不能な臭い息が天使の画一的な音階を際立たせた。

「Remember well, from heart we start.」

山本は浜田を愛おしく思った。そして家族に対しても同様にそう思った。彼はそれこそが博愛でなくて何が博愛だろうかと自問した。

「Lovers meet again, never apart.　智子さん、おめでとう」

智子の笑い声。そして恐らく彼女自身の大胆で大きな拍手。山本は塩の振りかかったスイカの甘味のような安堵を得た。

前夜までの自分の懸念を杞憂と笑《え》んだ。それを見たオーナーが「何をニヤついてるんだ。ふざけてるのか?」と言った。

「いいえ?」最早何も怖くない。山本はそう思った。

事務室の怒号とは裏腹にフロアは静かだった。

ところがすぐに智子のものと思しき叫び声「ふざけないでよ」とそのすぐ後にガラスが割れる音が聞こえてきた。「今なんて言ったの!?」

山本は耳を疑い、そしてやはり想定される最悪の事態が起きつつあることを察知して、

「失礼します」

興奮状態にあったオーナーにそう言ってすぐに事務室を出た。


山本家のテーブルの側で島田が呆然と立っている。

片やスーのテーブルでも田中に対する激しい罵倒が聞こえる。

「地獄絵図じゃないか」山本に続いて事務所から出てきたオーナーは山本の肩を叩いた。

「何？　どういうこと？　もう一度言ってよ」立っていた智子が椅子に力無く座り、慌てて島田が駆け寄りそれを支える。

「奥様、どうか、落ち着いてください。これは何かの間違いです。そうよね？　浜田さん」島田が浜田に言った。

「いいえ。間違いでも何でもありません。私のお腹の中には山本さんの子供がいます。何なら証拠見せましょうか？」

天使が鋭い槍で彼の妻を突き刺している、そういう表現が妥当だった。山本は駆け寄ろうとした。

「あなた、どういうことか説明してよ！」智子が叫ぶ。

そう言ってから彼女は手元の皿にまだ食べ残した肉片があることに気付き、ため息をつきながら座ってそれを食べ始めた。

「こんなんじゃ、ちっとも美味しくなんかないんだから」

彼女はそう言いながら山本の皿にも手を伸ばす。「ねぇ?」彼女がそう言った相手であるタケルは萎縮したままスマホにかじりつくように没頭していた。

彼女のフォークは勢いよく手付かずの肉を突き刺した。

「こうしてやるわよ」彼女は大きな塊肉にそのままかぶり付いた。「落ち着いていられますかって!」

智子の咀嚼は止まらない。

一方、もう片方のテーブルでは。

「ちょっと待て。なんだ君は。なんだその歌は。こんな不快感はまるで表現することができない。吐き気しかしない。ここは地獄なのか? なんだお前、それはわざとやってるのか?」

とスーが頭を抱えて呟いている。

それに対して眼鏡の女は平然と肉を頬張っていた。「素人相手に厳しいわよ、スーさん」

その傍で田中が床に座り込んでいた。

「すいません、緊張しすぎました。もう一度チャンスをください。サビだけでいいので」彼は床に頭をこすりつけて土下座している。

これは夢だ。夢に違いない。山本はふらふらとフロアの中央に歩き出した。

「大丈夫ですか店長」島田が山本に駆け寄る。「時給って、明日から上がりますかね?」彼女は山本を支えながらそう言った。

田中が顔を上げて、島田と一緒にふらついている山本を見て、

「何がまずかったかお前、分かるか?」悲壮な顔で彼はそう言った。

何を言ってるんだこいつは。営業開始前には「聞いたか、俺達の配ったチラシが功を奏して、来週予約が三件も入ってるんだぜ」と意気揚々だったのに。

そうか。その件をオーナーに報告しなきゃならないな。そしたらオーナーの機嫌も直るかも知れない。山本はそう考えた。


巨大な移動式の肉焼きオーブンをガラガラと押して、オーナーがやって来る。中にはこんがり焼かれたローストビーフの塊が吊り下がっていた。

「何もあなたがやらなくても」山本は力無くオーナーの前に立ちはだかった。

「どけよ無能、それとも、まさかこの中に隠れて逃げ出そうなんて言わないよな?」オーナーが笑った。

そんな馬鹿な話があるか、だが逃げ出したいってのは嘘じゃない。

「あなた、何とか言ってよ」智子が唾を撒き散らしながら叫ぶ。

「店長が悪いんですよ」浜田が唇をねじらせてそう言う。

「名ばかりのリーダーだな君は」オーナーは冷たく嘲《あざ》笑う。

「俺の歌がこいつと変わらないって言うのか？」向こうのテーブルでスーが眼鏡の女にそう言った。

「そうは言ってないわ。ムキになりすぎよ」女は言った。

「私は産むつもりです」浜田は最初に智子、そして次に山本を見てそう言った。

「君はまだ産みの苦しみを知らない」オーナーが冷たく言い放った。

「だから産むのです」浜田がそう言った。

「結局チラシは効果があったんですか？　私結構頑張ったんですけど」

島田が山本に言った。

「私、黙ってましたけどあのタワマンには貧乏人しかいないんです。ウチも含めて。だから幾らチラシ入れても無駄。だって皆スーパーの特売に並んで切り詰めた生活してるんですよ。ウチも。外食なんて夢のまた夢。行ったとして例のファミレスですよ。最近できた。そこに家族で押し寄せて、美味しい、美味しいって言って食べてるんです。

そんな人達が背伸びして、身長だけ高い中身スカスカのタワマンに住んで、服は綺麗でも中身は空っぽ。ろくに食べてないからいつも腹ペコ。ガリガリ。奥さん、今日もスマートね。なんて言って、カルシウムも足りないからみんなイライラして。

だからいい子ぶった女子なんか見た日にはひねり潰してやりたくなるのも、分かるでしょう?」

島田は浜田を指さして言った。

「ねぇあんた、埼玉に本命の彼氏がいること、私は知ってるんだからね。店長いたぶって楽しい? いいですか、最低な店長、この子の実家は千葉です。埼玉に帰るのは彼氏に会うためです。普通気付きません? どこまで鈍感なんですか?」

ガン。と何かが山本の踵《かかと》にぶつかった。振り返るとオーナーがいた。

そして彼は言った。

「ずっと気になっていたんだ。一度も言わなかったんだが」

オーナーはオーブンの蓋を勢いよく閉めた。大きな金属音がフロア全体に響き渡り、一瞬、静寂が訪れた。

「何故君が歌わないんだ?」

そして彼は移動式オーブンを力強く押しながら消えて行った。

「先生、起きてください」

白いガウンの男はソファーでいつの間にか眠ってしまっていた。若い女は彼を揺さぶった。

「もう、全然起きないし、結局どうなりました?」

男はメガネを探して装着して言った。「私はどれくらい寝てた?」

「さあ。実を言うと私も寝ちゃってました」

「そうか」

「何か夢、見ました?」女が言った。

「どうだろう。見たような気がする」男は額を押さえた。「どうにも、笑いが込み上げてくるような夢だった気がする。僕は笑っていなかったか?」

「さあ。分かりません」女は首を振った。

「傑作は目覚めと共に失われた。あるのは目の前の現実だけというわけだ」

男は目の前の原稿の束を見た。ところどころ赤字が入り、付箋が貼られていた。最後のページの余白にはピラミッドのような図が描かれていた。

「さながら鶴の機織りのように私はやってのけたわけだ」

「見られて困ることが?」

「見られているとやはり集中はできないね」

「私は平気だけどな」

「何かこう、罪悪感のようなものがあるのかも知れないな」

そう言って男は一度伸びをした。そして原稿を手に取り、少しめくって、

「しかし田中はいいやつだな」と言った。

そして彼はメガネを外して近くにあったタオルで拭いた。

「脇役に置いておくのは勿体ない」

「そうですよ。だって私が好きになった人ですから」

男はグラスに残っていた水を飲んで、焦点の定まらぬ目で女の腹を見た。

男は覚悟を決めた様子で、

「となるとそれは誰の子なんだ？」

と早口に言った。すぐに返事が来ると思っていたが、その後の女の返答までの間が予想外に長く、まだ自分が眠っているのではないかと思えた。そこで例の夢の片鱗を思い出しかけたのだが、それを女が遮った。

「さぁ。当ててみてください」女は笑った。

男は時計を見た。ちょうど夜中の二時だった。

「タクシー代あげるから、今日はもう帰りなさい。続きは別の日にしよう」

「続きは必要ありません。私、もう先生には会わないから」

「どうして」

「その方がお互いに良いでしょう？　ほら、連絡先も消すわ、こうして」女は男にスマホの画面を見せながら操作をした。「知らない番号、私出ないから」

「分かった」

そう言って男は財布から紙幣を数枚、女に渡した。

「埼玉に帰ります」

女は手に持っていたコルクと原稿の束を紙袋に入れてコートを羽織り、スニーカーを履いた。

そしてドアの前で振り返って
「ごきげんよう」と言った。

女はドアを開けた。そしてそれが閉まるか閉まらないかくらいの隙間から小さな声で、

「すぐに書き上がるものに価値は無いんでしょう？」という声が忍び込んできた。

ドアは閉まり、男は「お疲れ様」と言った。


女が去ってしばらくしてノックする音があり、男はドアを開けた。

「杏子は来てますか？」

黄色いレインコートを着た青年は息を切らせてそう言った。

「さっき帰ったよ。入れ違いだ」

「そうですか」

青年は肩を落としながらも鼻息は荒く、部屋の中を気にしている。

「入って確認するといい」男は青年を部屋に入れてやった。

青年は部屋をあちこち見て回った。特にベッドルームではその広いベッドが手付かずの状態であることを確認して、そこでようやくコートを脱いだ。

「失礼しました」青年は男に頭を下げた。

「ああ、別に構わない。若いうちはよくあることだから」男は灰皿をテーブルからソファーのサイドテーブルに運んだ。

「先生、僕の課題の件ですが」

男は腰掛けてタバコを吸い始めた。

「まだ提出していないのか?」

「すいません」

「何でもいいから何か出せば単位はくれてやるって言っただろう」

「はい。でも本当に何を書いたらいいのか分からなくて。先生のような達人がこうして手ほどきをしてくれると分かっていながら、それでも何を書いていいかが分からないのです。自分でも勿体ないことだと分かってはいるんですが」

男は煙を吐きながら立ったままの青年を見ていた。

「座ってもいいですか？」青年はさっきまで女が座っていた椅子を指さした。

「どうぞ」

青年は座り、「だからって流石に白紙で出すわけにはいかなくて」。

「そりゃそうだろうな」

「ずっと何を書こうか考えていたんですけど、全然だめで」

「彼女に教えて貰ったらどうだ」男は笑った。

「杏子はこのことについては何も。全く見せてくれませんし」

「まあ、見ない方がいいかもな」

「そうなんですか？　彼女はどんな小説を書いてるんでしょうか？」

「世に出たら読めばいいよ」

「彼女はデビューできますか？　原さんみたいに」

「誰もが彼のようになれるわけじゃない。あれはたまたま筋が良かっただけだよ」

「でも先生のゼミからデビューした作家さんは他にもいますよね。峰さんとか、中津川さんとか」

「忘れたね。何せ皆ころころ名前を変えるから。顔と名前が一致しない。元々名前を覚えるのは苦手なんだ」

「杏子がデビューしたら、僕、捨てられるのかな」青年はうなだれた。

「拾う神もあるだろう」

「何かコツみたいなものって無いのでしょうか?」

「ものを書くコツか?」

「はい。スポーツでも料理でも、そういうのがあるじゃないですか」

「この世界にそんなものがあれば苦労しないが、まぁ、強いて言うなら逃げないことだな」男は笑った。

「それは難しいです」

「じゃあ無理だ」

「そうですか。ですよね」青年は再びうなだれた。

「ここにはタクシーで来たのか?」男は部屋の隅に脱ぎ捨てられた濡れたレインコートを見て言った。

「自転車で来ました」

「どこから？」

「埼玉からです」

男は笑った。

「おかしいですか？」

「どんな気持ちで自転車を漕いでたんだ？」

「杏子が帰ってこないから、いてもたってもいられなくて。先生と何かあるんじゃないかと思ったらじっとしていられなくなりました」

「彼女を信じていないのか？」

「もちろん信じてます。でも、分からないじゃないですか。人の心の中なんて」

「それを掘り下げるだけでいいんだが。まぁ、人には向き不向きがあるよ」

「杏子はどうやったら僕を男として認めてくれますかね」

「男女の関係はあるんだろう？」

「それはありますけど、それ以外は相手にされていないというか。何故か料理は僕が作ってますし。彼女は時々文句を言いながらもちゃんと食べてくれます。不味《まず》くはないと思うんですけどね」

「ちなみに君の得意料理は？」

「大したものは作れませんが、肉の焼き方について色々試してるところです。前のバイトでかじって興味を持ち始めたので。物書きと違って、こっちの方は何だか最近コツが掴めてきた気がするんですよね。彼女も悪くないと言ってくれているし。本格的に料理の教室に通ってみるのもありかなと思ってたりします。

良さげなのが通学路の途中にあるんですよ。『大宮料理スクール』というのが。そのうちうまくなるんですよねきっと。地道に通っていれば。ほら、有名な野球選手が、努力は裏切らない、とか言ってたじゃないですか」

一気に思いを吐き出した青年はふと我に返って、

「すいません、話が脱線してしまいました」

男はちらとテーブルの上を見た。

視線の先には空いた皿と手帳があった。

そして男は言った。

「いずれにせよ、彼女と同じ方向を見ても仕方がないと思うね」

「ですよね。でも今更どうしたらいいですか。就活も控えてるし」

「レストランでバイトでもしたらどうだ」

「レストランですか?」

「料理が得意なんだろう?」

「ええ、一応。でも到底プロのレベルではないです」

「得意なことを活かすのは悪いことじゃないと思うよ」

「料理は得意ですけど、接客はちょっと」

「そんなものはすぐ馴れるさ」

「そうでしょうか」

「たまたまここに求人がある。失踪した店長の後継者を探してるんだ。コックは他にいるから料理はできなくていい」

男は分厚い革の手帳に挟まった名刺を取り出して青年に渡した。

「また肉料理のお店ですか。時給いいですかね?」青年は言った。

「ちゃんとやってればすぐ上がるだろう。それにウチの学生だったらすぐ幹部候補らしい。彼女も応援してくれるさ」

「愛想つかされて捨てられるよりずっといいですね」

「もちろん。ちょうどいい、例の課題はそこで働いたありのままを書いて提出してくれたらいい。立派なものを書く必要なんて無い。あったことをそのまま、書けばいい」

青年がポケットにしまっていた名刺を見返した。

「でも先生、その店の店長は何故失踪したんですか？」

男は言った。

「味音痴だったのさ」

青年は首を傾げて、

「分かりました。早速明日面接に行ってきます」と言った。

そして青年はコートを拾い上げて足早に玄関に向かった。

「あ、山本くん、彼女によろしく」

「分かりました。ありがとうございます」青年は頭を下げた。

そして彼は再び頭を上げて、

「ちなみに僕の名前は田中です」と付け加えた。

「そうか」男は何かを考えるように俯いてから言った。「じゃあ彼女に伝えてくれ、来週の水曜日、山本がフラワーズで待ってると」

男はそう言ってドアを閉めた。

膿

収監後からの配信一回目

『お久しぶりです。お元気でしたか？』

あ、どうも皆さんお久しぶりです。まろみんです。元気でしたか。僕は元気です。色々あって間空いちゃいましたけど、まあその間もここ以外ではちょくちょく配信してたんですけどね。ようやく環境も整ったので再開します。よろしくお願いします、ということで。ちょっと収益とかは微妙かな。事情が事情だけに複雑なんですよね。日本と違って、単純計算では行かないんですよ。まあ日本の法制度もなかなかややこしかったと言えばややこしかったのですが。いずれにせよ当面はこれまで通り配信できそうなので、よろしくです。いつものように、チャットに質問投げてくれたら回答しますので。

『普段何食べて過ごしてるんですか？』

食事はですね、ちゃんと出して貰えます。僕、囚人は囚人でも、一応政治犯扱いなんですよね。だから殺人犯とか窃盗犯とかと違って、待遇は結構良くて。だから一日三食、ちゃんと食べてますよ。今朝はパンとスープ、スープはコーンスープだったかな。昼はなんかカレーっぽい感じの、豆が入ったやつで、夜はまだです。今こちらは夕方なんで。日本は夜だと思いますけど。味はそうですね、流石に日本みたいに美味しいものじゃないですけど、別に食べれないほど不味いってわけじゃないです。贅沢言わなければ。僕、元々あまり食に興味ないんで。だからこの国に移住したわけで。なんかこんなことになっちゃったけど。

『まろみんプロデュースのカレーとどっちが不味いですか？』

これ、本当は拾いたくなかったけど、しょうがないですね。正直言ってどっこいどっこいかな。いや、僕のカレーは美味しいですよ。ビジネス的にうまくいかなかっただけで。ネタにされてますけど。もう忘れてください。

負け惜しみと思われるかもしれないですけど、損はしてないんですよ。僕、損するの嫌いなんで。どんなことになっても絶対自分が損しないようにしてます。なので逆にあの当時キッチンカーまで用意して売ってくれた人達は全員損したってことですね。まぁでもカレー自体は悪くはないので。問題があったとしたら売る側のやり方ですかね。飲食経験無い人がいきなりやったってなかなか厳しいんじゃないですかね。僕ですか？　あるわけないじゃないですか。

『どうして日本を出たのでしょうか？』

うーん、どうしてか。別に日本にずっといても良かったんですけど。なんかもういいかなって。僕あんまり、同じことをするのが得意じゃないんですよ。新しいものを作るのは好きなんですけど、それを発展させたり、応用させたりとか。そういうのが苦手で。ビジネス的には絶対後者の方が儲かるんですよ。これ意外じゃないですか？　ゼロから生み出すことの方が貴重とされているのに、そういう人達は儲からなくて、それを真似てバンバン売る人達の方が儲かるんですよ。不思議ですよね。

ソフトウェアの世界はもっと不思議ですよ。本当に使える、優秀なソフトウェアは無料なんですよ。天才達が無償でメンテをしていて。僕らの生活って割りとその無償のソフトに支えられている部分があるんですよね。で、企業が世に出している有償のソフトってそれよりも機能的に劣っていて、それでいてお金を取りますからね。そもそも日本産の有償のソフトってもうほとんど無いんじゃないかな。

そもそも日本人って、新しいものを生み出すのが苦手じゃないですか。だから昔から真似ばっかりしてるって言われてて。それである程度うまくいってる時代も確かにあったんですけどね。そうじゃなくなってきたら、途端に生きづらい国になった気がします。僕の場合一応一生分の金は稼いだのであとはどこで暮らしてもいいかなって。で、どうせ行くならあんまり規制とかそういうのがうるさくない国がいいなと思ってこの国にしたんですけど、こんなことになっちゃいました。結構ザマァみろって思ってる人多いんじゃないですか？　でも別に僕的には特に困ってないです。ムショ暮らしも悪くないなって。

『まろみんさんは死刑になるんですか？』

うーんどうだろ。ならないと思うんですけど。一応政治犯というか、思想犯的な扱いらしいので。昨日も通訳の人越しに、軍の偉いさんと会話したんですけど、向こうも僕のこと知ってて。動画も見てくれてて、なんか昔の日本のゲームで意気投合しちゃいました。だからと言ってそれがなんだ、って話でもあるんですけど。いや、意外と普通ですよ。革命なんて起こす人達って頭ぶっ飛んでると思ってたんですけど。だから、会ったことないですけど、ゲバラも結構普通の人だったんじゃないかとか思ったりしますね。

まあなるならなったでいいんじゃないかなって思ってますけどね。死刑ですか。やり残したことも別に無いし。結構知り合いとかその辺心配してくれてメールとかくれるんですけど、ああ、スマホやパソコンは使い放題なので。まぁこうしてライブ配信できてる時点で分かると思いますが。これでも一応囚人なんですけどね。なんかこういう状況になると流石にみんな同情してくれますね。これまで何度もピンチはあったけど、今回が一番かな。ああ、友達っていいな、って思いますね。一応遺書は書いてて。遺言的なものも。遺産はねぇ。どうなるんだろ。この動画の配信の収益も、結構複雑なことになるって、Yさんが言ってました。Yさんとこに入るのかなぁ。この国が全部持ってっちゃう可能性も無くはないそうです。

『最近パソコンやスマホに入れた「グランドパワーセキュリティー」というソフトが重くて調子が悪いです。消した方がいいでしょうか』

ああ、これ、詐欺ですよ。情弱の人は知らない人多いですけど。僕の知り合いは皆知ってます。システム関係の仕事してる人なら大体、これは入れないですね。で、値段も結構するじゃないですか。それでいて最新のウィルスとかマルウェアとか検知できないんで。この前ニュースに出たとある大手さんがランサムウェアにやられた時も、こいつがサボってたせいであの大惨事になりましたからね。何故かそのことは公表されてないですけど。あれ大変でしたよ。僕も夜中に叩き起こされて。何とかしてくれって。泣きつかれて。でもあれやられたらもう、どうしようも無いんですよね。乗っ取られたら、本当はリブートしちゃいけないんですよ。でもみんな、やっちゃいますよね。焦ってるから。それでおしまいですね。あとはもう本当にオフラインバックアップが無ければアウトです。身代金払うか、データの消失と漏洩を覚悟するか。セキュリティーなんて、基本ソフト、要するにOSに標準で搭載されている機能でまかなえるんですよ。今時は。それを、あの会社さんはこんな大層な広告打って、何も知らないユーザーさんはそれに結構本気で騙されちゃうんですよね。一番問題なのはこのソフト、一度入れてしまうと、OSを全部消して入れ直すくらいのことをしないと完全に消えてくれないんですよ。環境を汚しまくって、その上で仕事をしないという、もはや詐欺以外の何物でもないです。僕に言わせると。

どうしてもそれじゃ嫌だ、不安だ、何か入れたいって人は、僕が以前からお薦めしている「フェイクセキュリティー」入れればいいですよ。無償です。お薦めするポイントはいっぱいありますね。無料だし、安定してるし、更新頻度も早いし、日本語対応してるし、サポートのサイトも充実してるし、誰だっけな、有名なメジャーリーグのGMの人もこれ使ってるって言ってましたね。どこかの雑誌のインタビューで見ました。

話は戻って、この悪名高きグランドパワーセキュリティーをお薦めしてくる人達がいるにはいて、具体的にはこの会社のCMでよく見る俳優の川原健吾さんですけど。それと、国産メーカーのパソコンにはほとんどと言っていいほど、これが搭載されてますね。だから僕は国産の

PCは絶対買いません。多分裏で全部繋がってるんじゃないかな。大人の事情ってやつですよね。

ちょっと話長くなっちゃいますけど、この会社さんがここまで名が売れたのはリアルに裏があって、いや、別に裏というほど変な話じゃないんですけど、国産PCは無論のこと、学校のPCにうまいこと仕込むことに成功したんですよね。元々は。学校のPC？　ふーんって感じでしょうけど、馬鹿にならない数あるんですよ。各社がこの市場に食い込むために命懸けで結構やり合ってるって状態です。公共系って一度滑り込んだら、あとは安定的に供給できるんで。でもその最初の滑り込みが大変なんですよ。この会社さんはその最初の狭き門を突破してからはとんとん拍子に事が進んで、瞬く間に日本の学校で使ってるパソコンの九割くらいに、導入することに成功したんですよ。恐ろしくないですか？　あの何の仕事もしない、ただ動作を遅くするだけのウィルスみたいなソフトが、日本の未来を背負って立つ若者が使うパソコンに漏れなく入ってるという。

僕が北米に留学してた時の知り合いにこのことを話したら結構びっくりされて。彼らからすると、そのソフトが仕事をしないだとか重いだとか、そういう問題よりも、情報漏洩が怖いって。まぁ確かにそうですよね。そんな得体の知れない会社がもし裏でどこかの国と繋がっていて、大事な情報を全部そこに漏らしてたとしたら、ほんと、もう、やばいです。

でまあ、当然話はこれだけじゃ終わらなくて。この会社、実は文科省系官僚の天下り先としても有名なんです。当然そうなりますよね。だからズブズブの関係が継続できるわけです。政治家や役人なんてＩＴのこと全く分かってないですから、これがどの程度問題なのかは多分知らないでしょう。結構ゴールデンタイムとかバンバンＣＭ流れてるんで、まさかそんな欠陥ソフトだとは思ってないと思います。

創業してしばらく、この会社も沈みかけたというか、パッとしない時期があったんですよ。そこでコンサル入れたらしくて、そのコンサルが、広告戦略に社運を賭けることを提案したらしいんですよね。結果としてそれが大当たりして、なんとなくよく広告で見るけど、何やってるか分からない会社として業績が爆上がりしたんですよね。日本って不思議な国で、それだけなんですよ。風評とか、評判とか、雰囲気とかばっかりで。実際に何をしてるかどうか、その中身がどうかなんてどうでもいいんですよね。で、この起死回生の提案をしたコンサルはボーナスが相当出たらしくて、ヨットを買ったらしいです。めちゃくちゃバブリーな話ですけど。僕の友達が乗せて貰ったらしいんで。

最初は反対されたらしいですけどね。コマーシャルなんてうちのカラーじゃないとか、社長さんとか、経営陣全員がこぞって反対したそうです。でもこのコンサルの人が一人一人丁寧に説得して、説き伏せたらしいです。ヨットのためとはいえ、すごい執念ですよね。で、その結果生まれたコマーシャルが、例の川原さんがイメージキャラクターで登場する、誰もが知ってるあのＣＭです。

川原さんって僕は接点無いんですけど、そもそもパソコン使ったことないそうです。ＣＭだとめちゃくちゃエンジニアっぽい感じで登場しますが、あれは全部演技だそうです。流石役者さんですよね。まあエンジニアって仕事は内面的な部分が多いから見た目じゃほとんど判断できないってことなんでしょうけどね。

川原さんと言えば最近公開された映画が話題ですよね。まぁそもそも僕、演劇とか映画とかあまり観ないので、よく分かってないですけど。観ない理由ですか？　まあ効率が悪いというのはありますね。自分のペースで時間調整できないので。割とまとまった時間割かなきゃならないのが面倒で。あとそもそも純粋に面白くないってのはありますね。特に日本の映画は。観るんだったら海外の映画観ますね。僕派手目のやつ割と好きなんで。何とかジャーズとか。分かりやすいですし。

なんか意味不明な映画とかの解説をしてる人とか、いるじゃないですか。そういうので悦に入ってる人。あれちょっと滑稽ですよね。自分で作ったわけでもないのに。

昔とある大学の入試問題の国語の問題で、作者の意図は次のうちのどれか、っていう選択問題があったんですよ。で、後日作者から抗議があったそうです。答えが違ったらしいんですよね。じゃあ作者の意図って一体何だろうって思いました。昔の話ですけどね。だからなんか映画を自分の何かのように語る人って、何なんだろうって思いますね。絶対分からないじゃないですか。他人のことなんて。

別に嫌いなわけじゃないんですよ。っていうか、俳優さんの中では割と好きな方かなって。でも例のＣＭ観てからちょっと印象変わりましたね。グランドパワーセキュリティーの。仕事だからしょうがないんでしょうけど。事務所にやれと言われたらやるしかないのも分かりますし。だから悪いのは企業とか代理店の方であって、俳優さんには全く罪はないんですよね。でも仮にこのグランドパワーセキュリティーがインチキなことがバレて企業価値が下がったとしたら、川原さんも巻き添え食っちゃいますよね。逆もあるんでしょうけど。

でもそれだけイメージって本当に重要なんですよね。聞いたこともない会社が、なんかすごそう、雰囲気が良い、とかになるんですよ。コマーシャル打つだけで。実際は大したこと何もやってないんですけどね。シリコンバレーの第一線で働いてる友達が笑ってました。日本は平和だって。

グランドパワーセキュリティーさんが自社業務と無関係の著名人を呼んでセミナー開いたら全国から人が集まるんですって。なんかすごそう、で素人が集まるんですよ。まあ流石に素人は来ませんから、素人に毛が生えたような人達が。金曜日の午後の部が一番盛況なんですって。

もちろんそのまま遊びに行けるからですよね。虚像が虚構のイメージを上塗りしてそこに中身の無い人間が集まったところで何も生まないですよね。それが今の日本の実態だと思います。くだらないですよね。

配信二回目

『顔、どうしたんですか?』

あ、これですか? 気にしないでください。ちょっと階段から転んで。鼻の骨折れちゃったみたいなんですよね。ちょっと大袈裟に包帯巻いてますけど。

ああ、金具で固定してます。骨が折れてるんで。このままだと歪んじゃうんで、無理矢理固定してますね。

フランケン言うな。知ってます? フランケンシュタインはあくまでもあの怪物を作った人の名前ですからね。あの怪物がフランケンシュタインじゃないんです。どうでもいい知識ですけど。

まあそれは良いんですけど、今朝方面白い人がメールくれたんでちょっと話を聞いてたんですが、その話をして良いですか？

僕、先日、グランドパワーセキュリティーさん、通称GPSさん、のお話したじゃないですか。あれ結構反響があって。それで、色んなメール貰ったんですよ。その中に、面白いのがあって。名前は出さない方がいいかな。まあ分かる人はすぐ特定できると思いますけど。で、その人劇団員の方で、川原さんと同じ劇団にいたんですって。で、その人が僕にメールしてきて、実際に話をしてみて分かったのが、頭おかしいんですよ。相当。川原さんのくだりで冷静に話をしてると思ったら、急にブチギレて、僕をすごい責めるんですよ。いやー、意味不明だなと思って聞いてたら、なんか、この人、随分前に捕まっちゃったらしいんですよね。盗撮がバレて。結局不起訴になったらしいんですが。

劇団がよく利用している小さな劇場のトイレにカメラ仕込んで、劇団員の女子を盗撮してたらしいんですよ。で、それがバレたのがお前のせいだって言うんですが、知らんがな、ですよ。よくよく聞いてみると、彼、スマホで盗撮してたらしいんですが、そのスマホにグランドパワーセキュリティーではなく、僕が以前からお薦めしていた無料のやつを入れてたらしいんですね。そしたら皆さんご存知の通り？　知ってる人は知ってると思いますがあれつい先日発覚したんですが、元々重大なセキュリティーホールがあって、彼の盗撮が全部逆に盗撮されて、晒されたそうなんです。それで劇団が警察に突き出したというオチなんですが、お前が薦めたソフトを使っていたらこのざまだ、どう責任とってくれるんだって言うんですよ。いや、あなたがそれに自己責任で乗り換えたのだから、僕は知りませんって言っても全くそれを理解しないんですね。

この人、他にも問題点はあって、デビューされた川原さんを妬みながら劇団で燻ってたらしいんです。その時点でもうアウトじゃないですか。素人目から見てもそんなやつが観客に愛されることなんてないですよね。挙げ句、僕がお薦めしたソフトでそんなことになったって言うんですが、別に僕は参考までにそういうのがあるって言っただけで、お薦めはしてませんからね。僕も使ってませんし。僕はグランドパワーセキュリティー使ってますよ。なんだかんだで結局。皆さんも、最悪の事態を想定するなら、ちゃんとしたソフトを入れといた方がいいですよ。

グランドパワーセキュリティーをお薦めするポイントは多々ありますが、まずちゃんとお金を払う分、しっかりサポートして貰えますよね。この安心感はでかいです。使い方が分からなくても電話で丁寧に教えてくれます。あと、一度入れたら簡単に消せないっていうのも、デメリットに見えますが、実はメリットなんです。間違って消しちゃわないために。だって、これ消えたら、あらゆる危険に晒されますからね。ご年配の方々とかは間違って消しちゃいそうじゃないですか。だから、そう簡単に消せない方がいいんです。あとやっぱり雰囲気がいいですよ。最先端っぽい感じの。実際、セキュリティーソフトって何やってるか分からないじゃないですか。それを、イメージで伝えてくれてるわけですよね。詳しいことが分からなくても、やっぱり安心できることは大事です。だって僕ら車のエンジンの仕組みを知らなくても、車を運転して移動はするじゃないですか。その際の安心感ってやっぱりイメージじゃないです？グランドパワーセキュリティーさんはその辺をしっかり分かってて、僕らに無用な心配をさせないようにしてくれてるんですよね。やっぱり創業当初からご苦労があったんだと思います。

『大学って行った方が良いですか』

うーん。これは難しい質問ですね。日本の外で仕事をするかどうかにもよりますね。皆さんはご存知かどうか分かりませんけど、海外、特に先進国の方が学歴にうるさいです。就労ビザも大学出てないと取れないことがあります。だから、海外で仕事をするんだ、という人がいたら、大学は出ておいた方が良いですね。ちなみに僕の場合は大学中退してるんでその点でめちゃくちゃ後悔してます。だってこんな小さい国でも学歴聞かれますからね。あとアメリカで会社立ち上げた時も、高卒だとかなり不利でした。

一生日本だけで過ごすって言う人はどうだろうな。まぁ、ほんとこれは人それぞれだと思うんですよね。月並みな表現になっちゃいますけど、やりたいことがあるかどうかは重要なんじゃないですか？　まあやりたいことがある人は僕の配信なんて見てないと思いますけど。それは良いとして、就職ですよね。問題は。結局大学でやったことと全く関係ない仕事に就く場合も多々あるわけで、そうなると何のために大学に行くんだ、という話になります。僕の知り合いのシステム会社の社長さんは大卒は採らないです。高卒か、高専卒を優先的に採用しています。理由はやっぱり、ゼロから教えることを前提としてる以上、さっさと現場に出て仕事を覚えた方が有利なんですよね。大学で四年間遊んでいる人と、その四年間を死に物狂いで働いて一人前になった人とじゃ、決定的な差があるわけです。その会社では実力で収入が決まるので、高卒の人が同業他社の大卒の人より高給取りなのは普通の話です。一昔前なら考えられなかったと思いますが。

じゃあ大学なんか行かずにさっさと働いた方がいいのか、と言うと、そうでもないんですよね。僕の知り合いにコンサルやってる人がいて、大手に勤めてるんですけど、やっぱりコンサルの世界って学歴なんですよ。相当頭がいいやつがしのぎを削ってるわけなんですが、このコンサルのお客さんというのが、まあ、大抵は儲かってる、資金的に余裕のある会社さんということになるんですが、やはり尊敬の念をもって、コンサル会社にお金を払いますよね。ありがたいことだと。優秀な方々にコンサルして頂いてありがとうございます的な。へつらってる感じで。で、この構図において、もし、コンサル側に非があったとしましょう。彼らも人間ですので、何らかのミスをします。けど、コンサルは皆、口達者なのでそれを認めません。認めたらお金が貰えなくなるので。顧客は泣き寝入りですね。まさに弱肉強食の世界なわけです。このコンサルに対して一矢報いたいと思うならば、彼らと同じ土俵、つまり大卒である必要がある、と僕は思います。知り合いのコンサルに聞いたんですよ。どういう顧客が一番厄介かと。そしたら彼らは言いましたね。一流大学を出ていて、しかも優秀な人間が一番厄介だと。次に厄介なのは、一流大学を出ているが、凡庸な人間。次が、大学は出ていないが、優秀な人間。彼らは「あなたはどこの大学出身なのですか」なんて野暮なことは聞きませんが、まぁ、学歴コンプレックスって、大学を出ていない人ほど敏感に感じるものなので。

逆にどういう顧客が理想的か、と言うと、従順で、金払いが良くて、頭が良くもなく、悪くもなく、権威を崇拝するような客が良いそうです。そんな会社あるのか？　と聞いたら、ほとんどがそうらしいです。日本終わってるな、と思いました。

ですから、コンサル会社に入りたいなら学歴は必須。コンサル会社と真っ向から戦うにも、学歴は必須、ということになりますね。

『命のホットダイヤルにかけても出てくれません。どうしたら良いですか？』

えっと、死にたい方ですかね。最近増えてるらしいので、繋がらないこともあるでしょうね。僕はその担当者じゃないので別にあなたに死ぬなとは言わないですけど大丈夫ですか？ちゃんと記録に残しておかないと僕が罪に問われても嫌なので。まぁ、この国にいてそういうことになることはないとは思いますが。

そもそも国が自殺を止めたい理由って何？　って僕答え分かってるんですけど試しにチャットボットに聞いてみたんですよ。ＡＩの。そしたらずらずらと理由が出てきて、その中に「税収が減るからです」というのがありましたね。だから皆さん、ＡＩに相談した方がいいですよ。ちゃんと答えを教えてくれるので。

家族や友人以外、本当の意味で死なないで欲しいなんて思ってないと思います。だって地球の裏側では戦争でどんどん死んでるじゃないですか。見知らぬ人が。国が戸籍以上に個人を知ることはほぼ無いので、死ぬなと言うのにはそれなりの理由がちゃんとあるんですよね。

翻って少子化を何とかしたいのも税収が関係してますね。

ドライなようですが、そういうもんなんです。命のホットダイヤルのオペレーターの給与はあなたの払う税金から出てるんです。そりゃ向こうとしてはあなたに死んで欲しくないですよね。それでも電話します？

配信三回目

『映像が来てませんよー』

えーと、今日は音声のみでの配信となります。ちょっとカメラの調子が悪くて、別のを用意しようと思ったんですけど。日本で言う秋葉原みたいな感じの繁華街に買いに行ったら売ってなくて。ああ、外出許可を申請すれば普通に出られるんですよ。無論監視付きですけど。

あと何回配信できるか分かりませんね。なんか前回、前々回と、毒にも薬にもならないような話しかできませんでしたけど。

今日もいつも通り、何か質問があればチャット欄に書いてみてください。それまでは好きに喋らせて貰います。

あ、川原さん退院されたんですってね。良かったです。幸か不幸か、今回の一連の騒動？というかゴタゴタを全く知らないんですってね。ある意味良かったと思います。ほんと、しょうもない話でしたからね。

でも脳梗塞って本当に怖いですよね。僕の大学の同期でもそれで亡くなった人いるので。気を付けようにも気の付けようがないのがきついですよね。こういうのを見てると保険って大事だなって思うじゃないですか。確かにそうなんですけど、じゃあ無条件に保険にばかすか入ればいいかって言うとそうじゃないんですよね。

保険の原価率ってものすごく低いんですよ。なんでって言ってもそれはそういう風にできてるからなんですけど。仕組みとしてはうまくできてるんですよね。胴元が損しないように。生命保険なんかは、人はどのくらいの確率で死ぬかって統計の数字に基づいてできてるんです。だから、万が一大規模の自然災害とかで想定外に人が死んだら保険会社は破綻します。まぁ破綻しないように原資は確保してるんでしょうけど、それを超える保険金が必要になったら当然、破産確定なので。大手の保険会社なら政府が救済するでしょうけどね。

だから万が一の場合も含めて、保険会社は大体うまくいくようにできてるんですよ。そう簡単に人は死なない、というのがあるんですよね。彼らは万が一に備えた方がいいと言ってこっちの不安を煽りますけど、そうそう簡単に人は死なない。それは彼らが一番よく知ってます。

『この世に死んだ方がいい人間っていますか?』

そうですね。これ、どういう立場で言うかによって変わってくると思います。僕が宗教家とか政治家なら『いない』って言うでしょうけど。僕はそうじゃないんで。でもこれって他人の話じゃないですか。僕基本的に他人の人生には興味がないので、『どうでもいい』が僕の結論ですかね。これって『死んだ方がいい』よりも残酷だと思います。だって、こいつ、死ねばいいのに、って思うってことは少なからずその人に興味があるってことじゃないですか。それって好きの裏返しというか。僕にはそういうのが無いので。先日のSさんが盗撮で捕まって仮に刑務所に入ったとしてもそれは僕にとってはどうでもいいことで、判決が無期懲役だろうと死刑だろうとどうでもいいです。でも自分のことになるとそうもいかないですね。僕は死にたくないです。まだやり残したゲームがめちゃくちゃあるし。

あんまし答えになってないかも知れませんが、生きていれば良いことあるよ、なんて無責任なことは言いたくないですね。辛いことの方が多いかも知れませんし。宗教は信者を増やすために、人それぞれに生きる理由を与えますよね。その対価としてお布施を貰うわけで。政府は税収が減るから生きていて欲しいですよね。じゃあ僕は配信の収益が減るから皆さんには生きていて欲しい、そうなるかと言うとならないですね。もう腐るほど金持ってるんで、収益要らないんですよ。だから別に皆さんがこの配信を見ていようがいまいが、あんまり僕はどうでも良いですよね。じゃあまろみん、お前は何のために配信をしてるんだ、って言われそうですが、うーん、どうだろう。惰性？　あるいはそうだな、なんとなく、ですかね。

『グランドパワーセキュリティーから金でも貰ってるんですか？』

流れ的にそう言う風に勘繰られることは結構あります。ステマってやつですよね。まあ皆さんがおっしゃることも分からなくはないのですが、そもそもこの配信を見てる人全員そうだと思うのですが、暇ですよね。暇というか、あんまり重要な仕事をしていないか、まだ学生か、そんなところでしょうか。そういう人達には分からない話だと思いますが、僕お金に興味無いんですよ。もう十分稼いだので。だから今更お金がどうので動くことは無いです。

グランドパワーセキュリティーが元々優秀なのは誰でも知ってる話ですよ。だってかけてるお金の額が違いますから。開発費も広告宣伝費も、群を抜いてます。もちろん、お金をかければ良いとかそういうわけではないですけど、かけるお金がないような会社が出しているものに比べたらいいに決まっています。

『川原さんに謝ってください』

うーん、謝る必要あります?　いや、謝ってどうなるかがちょっと見えてなくて。そもそも僕って川原さんに何か悪いことしましたっけ。彼が事情を知らぬままにCMの出演を承諾してそのイメージキャラクターに祭り上げられたのは事実だし、そもそも情報系産業の実態なんて放送局ですら分かってないんだから、演者が分かるはずもないです。だから情報系の小芝居はこれからも続くでしょうし、それに巻き込まれる芸能人の方はたくさんいるんじゃないですか。

でも彼らとていわば虚像なわけですから、それはお互い様と言えなくもないですよね。でも僕は川原さんのことは個人的には好きですし、作品もほとんど全部観てます。僕、大袈裟な演技ってあんまり好きじゃないんですけど、川原さんは臭い演技に振り切ってる節があるので嫌いじゃないです。

『川原さんの好きな作品とその理由を教えてください』

疑われてますね。好きな作品は、『カインとフェルナークのアトリエ』ですかね。まあでもこれは共演の女優さんが好きだからちょっと違うか。そしたら、『限界学園』とかですかね。ダブダブの学ラン姿が印象的でした。割と初期の作品ですかね。まじめな役者さんだなと思いました。なんか、目がいっちゃってる、って言うか。大袈裟に言うと宗教っぽい何かを感じましたね。こんな感じでいいですか？

映画と言えば、よく「サブスクでお薦めの映画を教えてください」って言われるんですけど、そんなのは無いです。良い映画は配給会社がワゴンセールしないので。しなくても売れるんです。単品で。何ならＤＶＤだって未だに売れます。サブスクは叩き売りなので、大した映画はありません。あったとして撒き餌で運営側が赤字覚悟で期間限定で配信するやつくらいですかね。まあそういうのは観ても良いんじゃないですか。でもそれだったらサブスク契約せずに単品でそういうのを観た方が結局安かったりしますけど。

牛肉も同じですよ。日本に来る米国産牛肉なんて、本国のものと全然違いますからね。本当に美味しいものは自分達で食べるんです。アメリカで肉食べたら分かることです。まぁ、普通は行かないでしょうし、行って食べたところで味の違いも分からないでしょうから、問題になってないんですけどね。

そもそも企業側が「お得」って言うのは大体嘘です。そんなわけないじゃないですか。ボランティアじゃあるまいし。結局は騙される方が悪いのです。

ちなみに川原さんの作品はほとんどサブスクに無いですね。つまりそういうことです。


『O国革命政府が内部分裂してるって本当ですか？』

これってまだあんまり知られてないことだと思うんですけど、どこで仕入れた情報ですか？え？　僕が自分で言ってた？　そうでしたっけ。まあいいや。今回の革命って、軍が政権を奪取したわけで、臨時政府的な意味合いが強かったんですが、軍人さん達が「政治おもしれー」ってなっちゃって。なかなか選挙を始めないんですよ。ちゃんとした政治に戻すってのが公約だったんですけど。でこの「おもしれー」の人が結構切れ者で、革命の中心人物でもあるんですけど、このまま俺が独裁した方が良くね？　って言い出したわけです。そしたら当然、穏健派の軍人としては流石にそれはまずいだろ、ということになって、今内部で揉めてます。ちなみに僕を牢屋にぶち込んだのは「おもしれー」の人です。僕は臨時政府がお役ごめんになったら釈放されると思ってるんですが、もしかするとこのまま軍事独裁政権になったりして。そしたら一生出られないですね。誰か助けてください。なんでお前そんなに呑気なんだって思われるかもしれないですが、まあ出る方法がなくもないんですよね。でもそれは最後の手段なので今は使わないです。

『再婚はしないんですか？』

当面する気は無いですね。こう見えて妻を愛してましたから。僕が言うと変かもしれませんがそこは人並みにきちんとそういう気持ちで接してましたからね。皆さんのうちで奥さんに出て行かれた方はそう多くはないと思いますが、結構来ますよ。メンタル的に。僕の妻の場合は何の前触れもなく突然失踪しましたからね。最初は信じられませんでした。今でも完全には納得できていないですね。だから次の相手とかそういうのを考えるのは無理かなと。

実際僕みたいな人間の相手をしてくれる人なんて彼女くらいしかいないと思ってましたから。多分この世に候補は皆無かと思いますね。そりゃ金で寄って来る人はいるかも知れませんが、ほら、そういう人って、目で分かるじゃないですか。それに僕美人に興味ないんで。そう言ったら急に誰も寄って来なくなりますよ。だって女性の願望と真逆ですからね。

でも本当は心当たりはあるんですよ。当時の僕は鳴かず飛ばずで、お金も無くて、苦しくて、結婚したばかりの奥さんによく八つ当たりしました。最初の頃は編集とかも奥さんが手伝ってくれていて、本格的に売れるようになってからですよ。アシスタントさんとかディレクターさんとかがやってくれるようになったのは。

ちょっと売れたらすぐ天狗になったんですよね。奥さんはそんな僕に小言を言ってました。今は良くてもすぐだめになるから今のうちから次のことを考えなさいって。めちゃくちゃいい奥さんですよね。それで、僕がトントン拍子に売れて、奥さんとの距離がだんだん開いて来た時がそうでしたね。いなくなってました。

毎日六本木でシャンパン開けてました。僕はそんなの興味ない人間だと思ってたんですけどね。そういう虫が寄って来るんですよ。小金を持つと。そんな絵に描いたようなプチ成金の生活を続けたってなんにもならないのは分かってたんですけど、やめられなかったですね。周りがそれを止めてくれない。どうせ売れなくなったらできなくなるんだから、売れてるうちはウェーイって騒いだほうがいいって。

だから僕は日本から離れたんです。元々一人で始めたことだから、もう一度一人で、ゼロから始めようと思って。

何か気が滅入るのでこの話はこれでおしまい。次。

『グランドパワーセキュリティーの闇って何ですか？』

この話、面白いですか？　僕はそんなになんですけど、まあ結構この手の質問来てるんで喋っちゃいますけど。ＧＰＳの闇は日本の闇そのものですね。ある意味僕はそれが嫌で日本を出たと言っても良いです。別に目新しくもない、独創性も無い、どうでも良い技術をさもすごいものだと吹聴して、金でイメージを作り上げて、株価を上げて、天下り役人を受け入れて、国の仕事をして、って構図って、割とあるんです。ＧＰＳだけじゃないです。ただその中でＧＰＳの売っている商品がダントツでしょうもないので、僕はそれを闇だと言いました。誰だって自分を良く見せたいじゃないですか。女性はお化粧するし、男性だって良いスーツを着たりするでしょう。でもそれも度が過ぎると、流石にこっちもひいちゃいます。ただ、ほとんどの人が実態を知らないので、知らないまま税金として間接的に搾取されてるんですよね。知らない方が幸せなんでしょうけど、と言っても日本経済ももうほとんど終わりが見えてるので、そろそろ知っても良いんじゃないかなって思ってますけどね。連続ドラマとかでも、次が最終回、とか分かってるから盛り上がるじゃないですか。ずっとドラマが続くと思っていて急に終わられたら視聴率上がらないですよね。僕は沈む船に最後まで乗ってるのは性に合わないので脱出しましたけど。どうするかは皆さんの自由ですが。まあでも日本人って大和と一緒に沈むことにロマンを感じる民族なので、意外とそういうところあるかもですね。僕は無意味なことは嫌いなんで。

『髭脱毛ってどうですか？』

髭脱毛ですか。僕は美容系については詳しくないんですが、多分詐欺だと思いますよ。だっていくら毛根を殺したって生えてくるものは生えてくるし、生えないものは元から生えないし。それよりめちゃくちゃ痛いらしいじゃないですか。僕は毎日剃ってますし面倒ですけど、髭を脱毛したいとは思わないですね。これって彼女とかにやれって言われてやるものなんですかね。自分から髭剃るの面倒だから脱毛しようとはならないですよね。痛いし、完全に生えなくなることは無いし。企業側が煽っている部分はあると思いますよ。肌が綺麗な男の方がモテるとか何とか言って。あんなの全部嘘ですからね。男女ともどもそれに騙されてて。そもそも化粧品のコマーシャルに美人のモデルを使う時点で反則ですからね。美人にならら何をしたって美人じゃないですか。その化粧品で美人になったのではなくて、美人にちょっと塗っただけだから大して効果なんて無いんです。最近ではみんなそれに気付いたから整形とか流行ってるんでしょうね。あれも企業やクリニックの策略が満載ですよね。女の子はちょっとだけのつもりが、一度始めたらあれもこれもってなる、巧妙な詐欺です。やらない方が身のためですね。麻薬と同じです。一度手を出したら逃れられないという。僕の知り合いに美容整形の先生がいて、言ってましたもん。わざと、完璧にはしないって。色んな意味や意図があるんでしょうけど、一つには、一部だけいじっても完璧にはならないってことだと思います。もう一つは、もしそれで全てが片付いちゃったらもうその人来ないですよね。それだと商売として旨味がないので、わざとまた来るようにするってことですね。恐ろしい世界だと思いますけど、リピーターって大事じゃないですか。どんな業界でも。だからある意味なるほどなって納得しちゃいます。完全に裏話ですけどね。聞かなかったことにしてください。

あと最近話題のヤメルガムも詐欺ですね。禁煙できるってガムです。完全にプラセボですから。売り方が汚いですよね。広告も見境なく打ってるし。そのうち指導入りますよあれ。

『彼女がパパ活をしています。身体の関係は無いそうなのですが、やめさせるべきでしょうか』

最近流行ってますよね。パパ活。僕の知り合いにパパを紹介する交際クラブってのをやってる人がいるんですけど、面白い話を聞きました。

そのクラブの中で女性側からダントツで高評価のパパというのがいて、どういう男性かといっていうのは、お金を払って身体の関係無しの人ってことですね。別にそういうのに興味が無いとか、身体的にとかそういうのじゃないそうです。ただ、そのパパさんもそれが一番モテることを知ってたっぽいですね。僕は見たことないですけど、小太りで人の好さそうな感じのパパらしいです。で、この満点パパと食事に行った女性は大体、クラブを退会するらしいんです。まあ、そういうものかなと僕なんかは思ったんですけど、実は裏があって、この満点パパ、実は風俗とかＡＶのスカウトだったらしいんですね。そういうクラブに集まる、その道の経験が無い美人を信用させて、徐々にその道に引き込むプロだったわけです。

話が逸れちゃいましたけど、身体の関係があるかどうかは問題ではなくて、何が目的でお互いの関係が成立してるか、でしょうね。満点パパの例は特殊だとしても、あなたの彼女さんのパパさんは、普通に考えると何か企んでるんじゃないでしょうか。分かりませんけど。気になるなら探偵でも雇って調査すればいいと思いますね。僕の知り合いに大手の探偵事務所の役員がいますのでもし良かったら紹介しますよ。でもここだけの話、この人、副業で交際クラブもやってるんですよね。そうそう、さっきの人です。

まぁ、そういうことですよね。

『現役テロリストです。革命の意味について教えてください』

日本語で質問が来てるから日本人ってことでいいのかな。まだいるんですね。日本にテロリストって。昔は結構いたんですよ。安保闘争とか、学生運動とか、日本赤軍とか、聞いたことあります？　無いですよね。それって政治がうまく機能してるからなんですよね。良い意味でも悪い意味でも。多分同じ仕組みの政治や政権の賞味期限って百年くらいだと思うんですよ。日本の場合はそろそろというか、もう実質、腐敗臭がするじゃないですか。完全に腐るか腐らないかの頃に何かが起きてまた政治の仕組みやら中心人物やらが入れ替わって、激動の時代になって、また安定期になって、腐敗して、というのを繰り返すんですね。人って、今の状態がずっと続くと思って生きてるんで、実感無いかもしれませんが、過去の歴史を見てみれば大体そんな感じです。江戸時代なんかは結構長く三百年くらい続きましたけど、あれは情報インフラとかが整っていなかったので、もうあういうのは無いでしょうね。人に寿命があるように、国そのものにも寿命があると思っていて。日本の場合は戦後に再構築されたわけですから、後十年、二十年で寿命だと言われても不思議ではないわけです。人間でも、腰が痛くなったり、体が言うこと聞かなくなったり、昔みたいに走れなくなったり、しますよね。それは国も同じことで、国というシステムが突然若返ったり、不老不死になれたりはしませんから。その構成要素である人間に寿命がある以上、国家にも寿命があるのは自明です。じゃあ誰かが革命を起こすのか、と言うと、それは分かりません。僕は革命家じゃないんで。性に合わないですね。こうして高みの見物をしている方が僕には合ってるので。あとコスパが悪いですよね。命張って、国を変えるとか、相当なエネルギーが無いと無理だし、リスクも半端無いですから。失敗したら確実に死にますよね。成功したとして、その後が大変ですし。レーニンにしても、カストロにしても、革命の成功の後の方が大変だったわけですし。ただまあ、今の日本は普通の治療をしてももう治らないところまで来てるのでそろそろ型破りな革命って言葉がちらついてもおかしくないとは思いますけどね。日本の情報基盤はザルなので、情報系で攻めたら意外と簡単に落とせるような気もしなくはないですけどね。マイナンバーのシステムとかを人質に取ればある程度のことはできるんじゃないでしょうか。昔みたいに流血と武器とでどうにかするのは難しいでしょうね。それこそ国家がそれに対しては何重もの対策を練ってるでしょうから。多分僕の知り合いに頼んだら、日本の省庁が運営するシステムのほとんどはハッキングできると思いますよ。国会議事堂の前でＲＰＧ構えてるようなもんです。本当に撃ちますか？　って話で。やっちゃうメリットがあれば、ですよね。正直、そこまでして得られるものに興味が無いです。そもそも日本に興味が無いから亡命しましたからね。僕は。まだ日本に残って文句ばっかり言ってる人は考えてみたら良いんじゃないでしょうか。政府や総理に愚痴ばっか言ってますけど、じゃあ自分でやれば？　って思いますよね。「いや、今の時代に革命は」とか言いますけど、いつの時代でも起こせるのが革命なんですよね。暴力だけが革命じゃないので。そんなことも分からない野次馬さん達は、大人しく税金納めて死ぬまで働けばいいと思いますよ。

配信四回目

えっと、配信始まってます？　聞こえるかな。誰かチャットで反応して貰って良いですか？　えーっと、多分そのうち反応あると思うので、始めちゃいますね。まだインフラが安定してないから一部の人しか聞こえないかも知れませんが。まあ聞いてる人ほとんど日本の方だと思うので、ちょっと厳しいかも知れませんけど。いや、ほんとびっくりです。あ、聞こえます？　反応あったな。『助けてください』か。ですよね。今大変なことになってますもんね。日本。

明治維新ってあったじゃないですか。割と昔。大きめの政権交代。英雄視されている人達が活躍した時代で人気がありますよね。ドラマとか映画にもよくなるし。で、たまに『ああ、明治維新の時代に生まれてきたら活躍できたのに』って言う人いますよね。今の自分に満足できてなくて。でもそういう人って、今まさに日本に起きた事件と同じで、多分蚊帳の外なんでしょうね。ぼーっとしてたら何もできないまま、あっという間に世の中変わってしまって、新しい仕組みに組み込まれるだけで。同じようなことをプルーストも言ってるんですよね。フランス革命がどうのこうの言っても、大半の民衆はそれに無関心だったと。すごく切れ味のいい刀で切られたら切られた感覚も無いまま腕がポトリなんて話はフィクションだとは思いますが、起こってしまったことに対して、大半の人はそれを受け入れるしかないんですよね。今回の一件は僕も全く予想してませんでしたし、まさかそれまでのあのゴタついていたワイドショーネタが陽動だったなんて、全く気付きませんでした。この件を考えた人は天才ですね。

あ、皆さんのスマホ、今は入力できないですよね、こっちの声が聞こえてるだけで。これってほんと、手足を縛られた状態と変わらないですよね。あ、できるようになったらチャット欄にコメントください。

というわけで今は質問は来てないのでこのまま喋らせて貰いますね。やっぱり人を動かすにはカリスマ性というのがあって、それは理屈じゃないんですよね。革命の理念なんかを語ったところで相手に教養が無ければ理解できるはずがないですもんね。第一今回の計画はごく少人数とはいえ、全員ＨＳＰとカテゴライズされた人達らしいじゃないですか。噂レベルですけど。これからの日本ではＨＳＰは英雄視されるんでしょうね。選ばれし人達と。

ものすごく教養があって、頭が良くて、ハンサムでマッチョで、とにかく完璧な人が、それなりに理に適った信念をもってしても革命なんて成功しないんですよ。ゲバラの話じゃないです。三島由紀夫の話です。彼が失敗して、今回が成功した大きな違いはやっぱり人は理屈では動かないってことじゃないですかね。三島由紀夫って人は未だにすごい人気があって、一部の人には崇拝されていますが、これって日本の悪いところが全部凝縮した構図だと思うんですよ。東大を優秀な成績で卒業して大蔵省に入るほどのエリートで、幼少期から大したものを書いていた人間が書く小説が面白くないはずがないと思ってしまう日本人の先入観がありますよね。勘違いなんですよね。ちょっと偉そうな自信家が難解で風流な言い回しをするとコロッと騙される人が多いんです。学歴詐称はバレたら叩かれますけど、雰囲気文豪は永遠に文豪ですからね。日本語は回りくどい表現をしようと思ったらいくらでもできるふざけた言語なので、英語で言ったら一言なのに、うじうじと日本語でこねくり回してそれをありがたがる風潮があります。語りに酔って意味不明なんですよね。多分日本の小説の世界はこういうところがあって、根拠不明な権威に乗っかった一部の人達にマスコミが金玉握られてます。そういう人達は三島由紀夫を否定できないし、市ケ谷で三島が決起した時に周囲が『うるせーぞ三島、昼飯食ってんだこっちは』って言われたことも、知らないふりをしているのでしょう。結局三島は誰も彼に乗っかってくれないことを知って絶望して切腹するわけですが、ただのＤＱＮですよね。どこにも美談らしきものは無いです。ここだけを取り上げて三島を否定するのは良くないって言う人はいると思います。でも面白くないんですよ。彼の作品はどれも「どうだ俺はこんなにすごいことを書いてすごいだろう」感が半端なくて、ちっとも惹かれないんですよね。文句がある人は普通に、夏目漱石の『坊ちゃん』とかと比べて見てください。誰でも読んだことあるでしょう。読書感想文とかで。あるいはガルシア＝マルケスとかウンベルト・エーコとかと。三島ファンって明らかにそれらと別格に三島好きな傾向があると思っていて。別に統計取ったわけじゃないですけどね。ノーベル賞候補になったとか聞いたことありますけど、多分何かの間違いでしょう。

今だから言いますけど、日本って一応、危険思想の持ち主についてはマークしてたらしいんですよね。今回の首謀者はノーマークだったわけですが。まあよく考えてみれば国家の中枢を麻痺させるほどの頭を持ってる人間がわざわざ赤い服を着て大通りを歩く訳ないんですよね。それこそ三島由紀夫じゃあるまいし。本気で天下を取るなら虎視眈々と機会を窺って、一気にやるんですよ。僕なんて半端者が後出しジャンケンで語ってるだけですけど。あとマスコミも腐り切ってて、やっぱり自分達の都合の良いように、情報操作をしてたらしいじゃないですか。政治家よりどちらかというとマスコミの方がヤバかったですね。誰もそんなこと言ってないようなことをあたかも国民の意思であるかのように報道してたとか、ヤバくないですか。ほとんどの人達はそれを疑わずに生活してた訳ですからね。

まあこの件で日本はちょっとマシになるんじゃないですかね。この先どういう流れで進むかは分かりませんが。外野で見てる分には楽しみです。

っていうか海外にいると実感するんですけど、日本語って本当、やばいですよね。不要？な情報多すぎませんか？　英語で言ったら一言でも、日本語だともりもりに盛りますよね。それが当たり前だと日本人はみんな思ってて。

夏目漱石の『坊っちゃん』の冒頭の一文は英訳できますけど、『虞美人草』の冒頭はなかなか手ごわいですよ。日本最高の文豪が命懸けで書いた日本語は英訳できないと思います。多様すぎる属性というか、含み、みたいなのが多すぎるんですよね。英語にはまるで無い概念だと思います。

でも僕はこれ、だからこそ、日本人ってややこしい考え方するんじゃないかなと思ってたりします。それが原因で、他の国の人達は考えもしないことに悩んだり、揉めたりするんじゃないかって。

だからこの流れって、たまたま日本だけで起きたわけではなくて、もちろん僕がいるこの国もそうですけど、多分いずれ世界中で起こると思いますよ。日本だけじゃなくて、世界中の人達が全体的に頭悪くなってると思うんですよね。細かいことは説明しませんが、多分ネットのせいでしょうけど。便利になった分、失うものはあるじゃないですか。そこはやっぱり等価交換ですよね。日本人のスマホの平均利用時間知ってます？　びっくりしますよ。世界でダントツです。これ、ほんと、日本人からスマホ取り上げたら出生率上がるんじゃないかって思いますよね。ほら、停電の夜とかにそういうの増えるって言うじゃないですか。

ただただ便利さだけを手に入れられたことなんて歴史上無いんですから。その結果モラルも低下して、宗教的な側面もあいまって、全体的に知的生命体としてのレベルが下がってるのかな、と。これからも人類の歴史が続くとしたらその中で一時的なものかも知れませんが。後世の歴史家が『大痴呆時代』とか言うんですかね。今を生きる人々はその逆だと思ってるかも知れませんが。僕が今いるこの国ではゾロアスター教が国教になってますけど、やっぱり宗教って大事だなって思いますよ。僕自身は無宗教ですけど、それは僕だからしょうがないだけで、一般人は神様を信じてる方が色んな意味で良いです。

昔、宇宙最強と呼ばれたボクサーがいたんです。連戦連勝で、本当に強すぎて、誰も彼に勝てないだろうと皆が思ってた。その人がある試合でほぼノーマークの相手に突然嘘みたいに負けちゃうんですよね。その原因の一つが、鬼コーチをクビにして我流のトレーニングに変えたからだそうです。それまでは死ぬほど辛いトレーニングだったらしいんですよ。でもチャンピオンになって、金持ちになって、自我に目覚めて、『もう理不尽な特訓ではなく、合理的にやる』って言い出して、即負けたんですね。彼のような脳筋はひたすら盲目的に、それこそ神を信じてただ敬虔《けいけん》に生きる方がいいんです。それを下手に、『俺は人間だ、神などいない。自分の思うようにやる』とか言ってると痛い目を見るんです。無論、そうじゃない人もいるでしょうけど、折角の勝ちパターンをわざわざ捨ててる人も多いと思います。目先の嘘に騙されて。

配信五回目

『あなたもグルだったのでしょうか?』

あ、入力できるようになりました? あー、やっぱり一時的に解除されただけなんですね。グランドパワーセキュリティーさんの件でですかね。あれは偶然です。実際穴だらけだったのは事実ですし、それを利用されたのも事実でしょうけど、こうなることを予想してその件に触れたわけではないです。結果的に僕は今回の件の立役者みたいになっちゃってますけど、そんなことして僕に何のメリットがありますかね。僕は日本を捨てた男ですよ。でも僕が日本を捨てたのは半分はもう日本はダメだという気持ちと、半分は目立ちたかったからですね。ネット配信が前提だから別に体はどこにあってもいいという条件のもとなら、日本にいない方が話題性があると思ったわけです。まあちょっとそっちの下心の方が強かったかな。それに誰もあまり知らないような小国なら尚更と思ったんですよね。結局先にこっちで革命が起きましたけど。それも偶然です。まあ革命が起きるって分かっていたら移住しなかったかどうかと言われると、正直微妙ですね。そっち、日本ではこの先どうなるか分かりませんけど、こちらではあんまり変わってないです。まぁ僕が刑務所にいるから外のことがあまり分かっていないというのもありますけど。まだまだ過渡期なのでこの先どうなるかは分かりません。配信もたまたま今は続けられてますが、明日はどうなるか。

未公開の臨時政府のメンバー見ましたけど、面白いと思いますよ。僕は好きですね。えっと明日には発表されるのかな？　まあこれ多分、アメリカ寄りの人選になっちゃってるのかなとは思いますけどね。大陸の人達がどう思うかな。多分黙ってないでしょうね。中抜き前提のズブズブ商流に大鉈振るえたのは大きいんじゃないですか？　やっぱ経済で大事なのはお金の流れですからね。これまで水面下で利権を貪っていた人達はこれにてお役御免というわけで。でもそういう人達が完全に晒されたところで、全然普通に生活できているのが日本ってすごいなと思うんですよね。こっちだと速攻で殺されてますよ。まあ数が多いからヘイトも分散してるってのがあるかもですけどね。

『これから日本はどうなりますか？』

うーん、この質問はちょっと前と今とでは随分意味が変わりましたね。ちょっと前なら、衰退に向かう他ないって答えてましたけど、今はどうかな。新政府の頑張り次第でしょうけど、当面は混乱が続きつつも、ちょっとは改善するんじゃないかと思っています。なんだかんだで株価も落ち着くでしょう。だから爆下がりしてる今が買い時だとは思いますね。僕もイノベイトブレインズの株買っときました。多分これ来週には上がるんじゃないかな。不安なら他国に移住とか亡命とかすればいいと思いますよ。それは認めてくれてるはずなんで。嫌なら出て行け、の姿勢ですよね。強気です。でもトップが賢いんで、閉じ込めても碌《ろく》なことにならないって分かってるんでしょうね。


『老後の資金がある程度必要だと言われています。本当でしょうか？』

あれは完全に詐欺ですね。そもそも皆さんは六十五歳まで確実に生きますか？　そんでその六十五歳の誕生日の先には、何かこう特別な「老後的」人生があると思いますか？　僕はそんなのは妄想で、同じ日々を繰り返すだけだと思いますよ。今と同じようにおしっこもうんこもするし、ご飯も食べるし、奥さんと喧嘩もするし、子供が面倒を起こす、親戚と揉める、親が生きてたら親の小言を聞く、などなど、何も変わらないですね。唯一変わるとすれば、仕事をしなくてよくなるってことです。でも仕事をしないでいいというのは、仕事ができないからそうしてもいいよってだけであって、するなとは言ってないんですよね。だからまだ働けるなら働いたほうが全然いいわけです。僕なんか一日中ゲームをしてても全然平気ですが、皆さんはそうではないですよね。そうじゃない人が仕事もしないで一日何かに没頭するって多分無理だと思います。だから仕事は続けた方がいいです。死ぬまで。本当に働けなくなるまで。

でも歳をとって体が不自由になって働けなくなるから老後の資金が必要なんじゃないかって言う人がいるかもしれませんが、それは逆で、体が不自由にならないように今からちゃんと健康管理しましょうってのが先だと思います。そのために二千万かかるなら、その二千万を今使いましょう、というだけのことです。金融系の詐欺師が金を集めたいから老後のお金はこれだけ必要ですよ、うちで運用しませんか、と言ってるだけで、そのお金でジムに通うなり、健康的な生活を送るなりした方がずっと良いんですよ。でも皆さんはそういうペテン師の言葉にころっと騙されて、まんまと吸い上げられて、老後に歩けない、金もない、となって、「国が悪い」とか言い出すんだから、政治家さんもたまったもんじゃないですね。

ちょっと考えれば分かることだと思います。

『顧客にメールを送る時に、CCに上司を入れるかどうか悩みます。どうすればいいですか？』

えっと。上司をCCに？　ああ、なるほど。多分この方は、上司に見られると面倒なやり取りとかがある場合に、CCに入れると当然面倒なことになる、とかそういうことを考えてるんですかね。まあ余程くだらないプライベートなやり取りとかなら、なんとなく分かりますね。接待でちょっとくだけたお店に行って、その次の日とかで、「昨日は楽しかったですね！」とか。相手の携帯を知るほどの関係ではない場合に。でもメールで一報入れておきたい、でも上司にはその「くだけたお店」、まあ風俗っぽいところですかね。そこに行ったことは知られたくないとか、何とか。そういう気を回せる人っているといますね。悪いことじゃないと思います。

そっか。だから、そういうメールがある、一方では絶対に上司をCCに入れないといけない場合もある、そういう、都度、判断が必要になる場合に、時に困惑する、そういったことですかね。なるほど。

まあ分からなくもないですが、結論はシンプルで、いついかなる場合でも上司をCCに入れる、が正解ですね。おっパブ楽しかったですね！　というメールであっても。っていうのも、結局あなたと取引先のやり取りって全部ビジネスであり、業務の範疇なんですよね。関係が深まると時にそれを超えた関係と錯覚しがちですけど、そんなことは有り得ないです。あなたはお金のため、会社の利益のためだけにお客さんとおっぱいパブに行ったのだということを自覚しないといけないです。そこは模範的サラリーマンになりましょう。機械的に、上司をＣＣに入れるのです。毎回入れる、入れないの判断をしていては大変ですし、時間も無駄ですし、ミスも起きます。思い出したんですけど、僕の知り合いも同じようなことを言っている人がいて、結局、「常に入れておく方が面倒は減る」と言ってました。入れたせいで起こる面倒よりも入れなかったせいで起こる面倒の方が厄介だってことですね。

会社の看板背負って仕事をしていているだけなので、上司にそんな繊細な配慮は不要だと思いますね。

『新政府から何かアプローチはありましたか？』

それ結構、色んな人から連絡きて聞かれたんですけど、全く、無いです。逆に寂しいくらい。まあ僕なんて文句を言うのが仕事なんで何の役にも立ちませんからね。ガリバタさんは役職に就くみたいですけど。あの人ゲスいからなぁ。根回ししたんでしょうね。旧体制下で都知事選に出馬してたのが懐かしいですね。最近はあまり接点無いです。

まぁ、僕だったらこうするとか思いはありますけど、多分そんなのは皆さんが考えてらっしゃると思うので、僕の出る幕は無いでしょうね。僕が裏で糸引いてるのでは？　とか本気で思ってる人がいるみたいですけど、僕はそんな賢くないです。正確には、つい最近まではそこそこ賢いと思っていましたが、今回の一件を目の当たりして、ああ、自分は全然ダメだと思いましたね。つまり、僕にもやれたんですよ。同じことが。物理的にはですよ。皆さんの中にも、その立場にいた人はいたんです。幾らでも。でも、やらなかった。気付かなかったんですよね。これが悔しいというか、自分なんか何にも分かってないなって。正直ショックで、半日寝込みました。まあ僕は口が軽いんで、すぐ誰かに喋っちゃうから向いてないですね。

ほら、以前にアメリカが異様なまでに中国の半導体メーカーを攻撃したじゃないですか。通信が盗聴されてるとか、嘘か本当か分からないようないちゃもんじみた件で。僕あの頃日本にいましたけど、誰もあの話を本気で聞いてませんでしたね。でもそういうことですよね。今回日本で起きた事件は、あれとは直接は関係無いですけど、あれくらい、「ほんとかよ」ってレベルのことがきっかけで起きたわけです。だって国のお墨付きのセキュリティーソフトに罠が仕掛けられてるなんて誰も思わないですよね普通。

いや、僕はいちゃもんをつけるのが仕事ですから一時期わざとディスりましたけど、あれはポーズであって本心じゃないですよ。そんなもの、最初からそうだって分かってたら僕もやりようはありました。不覚ですけど、全然気付きませんでした。灯台下暗しですよね。結構メンタルに来てますよ。何もできなかった自分に。

配信六回目

『早速ですが、新政府がO国に対してまろみんの引き渡しを要求するという噂があるのですが本当ですか？』

なんか、そうみたいですね。噂レベルでしか聞いてませんが。この国のトップがそれに応じるかどうか次第ですけど。まあそうなったらそうなったで従うしかないですね。脱走は難しいし、成功したところでその先、生きて行くのも大変そうだし。そもそも帰る国ももう無いですからね。

どういう意図があるのか分かりませんけど、多分、ここにいる限り僕って何でも喋れるじゃないですか。たまたまですけど。それが気に入らないんでしょうね。そこまで新政府の内情に精通しているわけではないですから、別にそんな神経質にならなくてもとは思いますが。

この状況下で言論を統制するのはなしではないと思いますよ。逆にこれまでの日本が緩すぎたと思います。有る事無い事言ったもん勝ち的なところがあったんで。もちろん僕は根拠のないことは言ってませんけど。その姿勢は昔も今も変わらないですね。だからこそ新政府はマークしてるんでしょう。流布されて困ることが無い政治家なんていませんからね。いくら情報が極端に少ないからこそ成功した革命メンバーとはいえ、探ればいくらでも黒歴史が見つかると思います。あ、ちょっと偉い人に呼ばれたんで今日はこの辺で終わりにしたいと思います。

え？　偉い人ですか？　それは言えません。

『家を買おうかどうか悩んでいます。賃貸のままで行くべきでしょうか？』

よくある質問ですよね。僕は毎日のようにこれ聞かれます。別に専門じゃないのに。でもこれについてははっきりしていて、僕は一生賃貸で良いと思ってます。皆さん、お金のことばかり気にされて、毎月家賃を払うのが馬鹿馬鹿しいとか言いますけど、そのセリフ考えたの不動産屋ですからね。まさに殺し文句です。死んだら墓に家なんて持って行けないですからね。死ぬまで払って自分のものになってどうするんだ、という話です。でもこれについては不動産屋もちゃんと回答を持っていて、「お子さんに」と言うじゃないですか。でも子供がその土地に居座る可能性なんて分かりませんよね。海外で働く場合もあるだろうし、転勤もあるだろうし。

でも一番の問題は、周囲の環境です。突発的に工事が始まったり、変な住民がいたり、事件が起きたり、事故があったり。誰も自分の住処の周囲が一生安泰だなんて言い切れませんから。気に入らなければ引っ越すに限ります。

そりゃ昔、どこまで遡ればいいか分かりませんが、平和な時代があったのかも知れませんよ。近隣住民達が協力して、一致団結して、回覧板回して、町内会開いて、とか。でもそういう時代でもなくなったのかなって。

ホテル暮らしは嫌ですね。僕、割と荷物があるんで。機械類、ゲームとかがほとんどですけど。大事なやつは持ち運べない量ではないですけど、他の人に触らせたくないんで。だからまあ、日本に住むなら二十四時間いつでもゴミが捨てられるマンションが最高だと思います。一軒家が良いって人には賃貸の一軒家とかいくらでもありますからね。

老後の家賃が、とかそういうのは、今考えてもしょうがないと思いますよ。そもそも日本という国が危ういわけですから。


『未来にはセックス用アンドロイドが普及するんでしょうか？』

これは確実にするでしょうね。どっかの国ではもう売ってるって聞いたことがありますよ。別にそんなに難しい技術も必要無さそうだし、時間の問題じゃないですかね。でもこれが普及すると更に少子化が進みそうですね。

でもなんだろう、自分がそういうのを持ってるとして、それをメンテナンスしなきゃならないって考えるとちょっと複雑ですよね。僕の場合は女性のアンドロイドを持つことになると思いますが、着せる服とかどうします？　奥さんがいた頃でさえ、女性ものの服なんて買ったこと無いですからね。いつも裸？　まあそれでも良いですけど。でも下着とかは着けるんじゃないですか？　そんなのどこで買うよ？　って話になりますよね。まあそうやってだんだん女性の身体のリアルな部分に詳しくなったりして。通販サイトのマーケティングも変わってくるかも知れないですね。

あと、お化粧なんかもしてあげないといけなくないですか？　どうなんでしょう。仮にそれが画面の表面を覆うテクスチャーみたいなので論理的な形で表現できるとしても、やっぱりどういう状態が好みか、でカスタマイズしてあげないといけなそうじゃないですか？　うわ、めんどくさ、ってなりますね。そういうのが好きな男性もいるかも知れませんけど、大半は女性のお化粧に興味無いでしょうから、よしなにやってくれって感じですよね。

逆に女性側が持つであろう男性アンドロイドはどうですかね。これもなかなか大変そうですよね。あんまり動かない男に魅力って無くないですか？　僕の勝手な印象かも知れませんけど。男性用と違って、なんかこう、気の利いたセリフとか、言って欲しいとかなりそうですよね。どちらかというと性的な用途よりも、観賞の用途に重きが置かれそうな気がします。完全に僕の主観で言ってますけど。でも間違いなくそれにまつわるビジネスは活発になるでしょうし、そこで覇権を握る会社さんも出てきそうですよね。

『奥さんを殺したって噂は本当ですか？』

嘘に決まってるでしょう。事件にもなってませんし。誰が言い出したか分かりませんがこの手の噂が広まってるらしいですね。まぁ、僕もこういう系の話にすぐ飛びついて火に油を注いで生きてきたから自業自得っちゃ自業自得なんですけどね。

大体殺す理由が無いですよね。百歩譲って僕が殺したとするならば。彼女は僕の最高の伴侶で、僕のことを最大限に理解してくれて、僕が考えることを何でも先んじて対応してくれた人ですから。そんな最高の人間をなんで殺す必要があるのか。考えてみれば分かると思いますけどね。

それであれですよね。僕のここでの逮捕の理由が妻殺しの容疑なのではないかって。それは完全に違います。僕がここで収監されているのは、もう少し複雑で、政治的な背景があるのです。詳しくは言えませんが。いや、配信ではそれは言えないことになっていて。

言えないことなんていっぱいありますよ。旧政府についても、新政府についても。そういうのから完全にフリーなのがネット配信だと思ってる人も多いかもしれませんが、全然そんなことは無いです。

配信七回目

『ハッキングって誰でもできるのでしょうか?』

ハッキングというか、クラッキングというか、今回皆さんのスマホがロックされた件は、ちゃんとそうなるための理由があって、巧妙にそれが事前に仕込まれていたんですね。当然僕も気付かなかったんですけど。ええ、僕のスマホも一台はロックされましたよ。予備が何台かあるのでそれは大丈夫でしたけど。まあ日本にいないので特に問題ありませんが。

結局、グランドパワーセキュリティーってソフトは、色んな側面を持っちゃってて、そこに今回の問題も非難も集中しちゃってるんですけど、僕から言わせれば日本が抱える色んな問題点がそこに集約されてると思いますよ。同調圧力、官僚主義、天下り、世代交代の失敗、権威主義、中抜き体質、危機管理能力の無さ、などなど、挙げればキリがないですけど。みんなそれでもなんとかやって行けると思ってたんじゃないですか。あの政党で、あの総理で、文句はあるけど、それでもまぁ、みたいな。いざこういう事態になってみて初めて、改めていかに自分達の国が終わっていたかが分かるわけで。病気になってからじゃないと健康のありがたみって分からないですからね。無責任なことを言うようですが、それが戦争じゃないだけ良かったと思いますよ。

ハッキングは、誰でもできます。あれって、出来レースなんですよ。大変なのはその入り口を見つけることで、見つかったら誰でも乗っ取れます。入り口探しは地道な作業です。ある程度自動化できますけど。腕利きのハッカー集団が本気になれば大抵のシステムは乗っ取れます。でも流石に個人所有のスマホを乗っ取るのは至難の業だと思ってましたけど、裏口があればそこから入ればいいわけですからね。なんてことはないです。そういう危機感は相変わらず呑気な日本だけが対応が遅れていて。まんまとトロイの木馬がしっかり入っちゃってたんですね。グランドパワーセキュリティーという、お国のお墨付きのセキュリティーソフトが。

『普段の会話って英語ですか？』

英語ですよ。この国ではほとんどの人が母国語以外に英語が喋れます。まあそれも僕がこの国を選んだ理由の一つなんですよね。僕、日本語以外は英語しかできないんで。

ああ、そうか。この人は英語ができないってことが言いたいのか。まぁ言葉なんてコミュニケーションの道具に過ぎないので、英語がどう、とか、日本語がどう、とかそういうことじゃないと思いますね。そもそも話すことが無い人に言葉なんて要らないわけですから。まずは英語をマスターしないと昇進できないとか言って海外留学に行く人いるじゃないですか。仕事辞めてまで。でもその人って、帰国したら仕事無くなっちゃってますよね。多分。英語ができないから出世できないんじゃなくて、そもそも仕事ができてないんだと思います。仕事ができる人にとって言葉なんて手段に過ぎませんから。仮に英語ができなくてもできないなりに何とかする、そういう対応能力がある人が出世するんだと思います。その辺を勘違いしてる日本人って本当に多いと思います。けど、英語教育で飯食ってる企業さんの方も悪いんですけどね。英語ができないとやばいとか言って不安を煽って商売するという。日本人が全般的に英語が苦手なことをいいことに、そういうやり方で稼ぐスタイルにまんまとはまって、金はしこたま払ったが、一向に英語が喋れるようにならないなんて、最早当たり前になってる気がしません？

『Sゲイ氏のようなプレゼンってどうやったらできるんでしょうか？』

まずは詐欺師になってください。

人を惹きつけるプレゼンなんて大抵ペテンですからね。中身なんて無いです。無いから良さげに見えるんです。皆さんが普段出会う人達で、第一印象が良い人の特徴ってなんですか？

多分当たり障りがない、自分の内面に干渉して来ない、不快さが無い、とかじゃないですか？それって付き合う意味のない関係ですよ。

Ｓゲイ氏は確かに偉大なパフォーマーでしたけど、実際は何も生み出してはないです。日本の経営者でＳゲイ氏を崇拝している人達も同様ですね。

未来の人達は僕らの時代を笑うでしょう。ただの電話を売っただけで神様と呼ばれるようになったやつがいる、と。電話は電話なんですよ。別に同時通訳してくれるわけでもないし、声が出せない人が出せるようになったわけでもない。そいつに色んな機能をつけて、どうだ、すごいだろう。これを使わない人は、やばい。みんなこれを持ってる、といった具合に煽りますよね。実演販売で包丁売ってるおっさんと同じですよ。

車や電灯を発明した人とは訳がちがうのに、それらの偉人と肩を並べてるのが意味不明です。だから、自分の中から誠実さを取り除き、罪悪感、後ろめたさ、恥じらい、を押し殺して、さあこれから全員騙してやろうと思えばいいプレゼンができるんじゃないですか？　その代わりそれは何も生まないし、後世には繋がりません。ただ、皆さんが死ぬまでならいい思いをできるのではないでしょうか。誰もがそうやって生きてるから、人類は何にも進歩しないんでしょうけどね。そういうペテン師がスーパーカーに乗ってるのを見て憧れるなら同じペテンの道を行くしかないでしょう。僕に言わせればマルチや反社がやってることと大差ないです。お酒と麻薬の関係みたいなものじゃないですかね。

『例の一件から更にGPSのインストール率が上がっていたことをどうお考えですか？』

これ、よく言われるんですよ。まろみんが新政府の回し者だったんじゃないかって。例の盗撮事件の起こる前に一回ダメ出ししてて、それで僕結構叩かれて、その後はすかさずGPS入れてたんですけど、あの人今どうしてるんですかね。盗撮で捕まって、書類送検されて、裁判の途中だったんじゃないですか？　詳しくは知りませんけど。そういうのって新政府ではどうなるんですかね。全員特赦《とくしゃ》で釈放になったりするんでしょうか。まぁそれはないか。政府が変わっても犯罪者は犯罪者ですからね。ですからね、って言ってますが、それは法律が決めることであって、僕が決めることじゃありませんが。

まぁ仮に僕がGPSの普及に一役買ったところで、僕には何のメリットもありませんからね。お金はもう要らないですし、何だろう。ゲームする時間くらいですかね。今欲しいのは。ああ、ここは無いんですよ。ゲームが。パソコンは支給品しか使えなくて、もちろんゲーム機もなくて。この前なんか、他の囚人と七ならべやってましたよ。久々に。ほんと娯楽がしょぼいです。まぁいいんですけどね。ああ、でも一生この中で暮らすとかになったら嫌だなぁ。あり得ない話ではないですけどね。ご飯があんまり美味しくないんですよ。ここ。だからその点では日本は恋しいですね。何でも美味しかったんで。新しい時代になっても飲食は同じクオリティーであって欲しいですね。僕、あの牛丼好きなんで。

近い将来、日本が良くなったら食べに行きたいですね。牛丼。


『ガリバタさんが寿司職人をプロデュースするそうです。まろみんさんはどうしますか？』

どうもこうもないですね。僕が日本にいた頃なら考えたかも知れませんが。今は全く興味無いです。お寿司は好きですよ。

この話、先日ガリバタさんから直接打診されたんですよ。断りましたけど。だってあの人、寿司職人のこと完全に舐めてますからね。寿司どころか、飲食業界全体を舐めてます。

僕の知り合いに寿司職人さんがいるんですけど、先代を継いで、かれこれ二十年くらいですかね。結構歴史のあるお店で。で、その人曰くその世界、「腕は二割」だって言うんですよ。じゃあ、残りの八割は？　って言うと、「べしゃり」だそうです。ああ、べしゃりか、と。要するにコミュニケーションですね。ガリバタさんが最も苦手とするやつです。ああいう頭の良い人って本当に結論だけを目指して最短距離を突っ走ろうとするじゃないですか。振り返ったら誰もついて来てないってやつです。

飲食に知能なんて要らないんですよ。だから理屈じゃないし、お客さんも基本、馬鹿ばっかりだと思った方が良いんです。馬鹿というのは言い過ぎですね。面倒な人達、ってことにしましょう。美味しいものを食べても不味いと言ったり、毎日ご機嫌が変わったり、寿司屋なのに肉が食いたいと言ったり。そんな我儘放題の連中をいかに大人しく自分の握った寿司で満足させるか、なんて、僕には無理です。ガリバタさんはそれを人工知能と機械で実現しようとしてますけど。それだと回転寿司かファーストフードが関の山じゃないですかね。

相手の様子を肌で感じ、どんな接客をしたら良いかを瞬時に判断し、その状況に応じたものを提供する。こんな高度な技を身に付けるのに一体何年かかるんでしょうね。僕は何年あっても無理です。僕の知り合いのそのお寿司屋さんがべしゃり八割と言うのは、つまりそこが苦手なんでしょうね。教えられるようなものでもないですし。きっと先代もそこで苦労されて、更に自分の後継者である息子さんにはその点を強く、言い聞かせたんじゃないでしょうか。想像ですけどね。

だから、単純な技術についてはいつかマスターできる。それはガリバタさんに同意です。でも、飲食はそれだけじゃない。面倒な客のご機嫌をとってようやくお金が貰える、そこでしょうね。

だから僕はやりません。

『こうなる前の方がいいです。戻してください』

でも、そうは言いますけど、新政府の掲げる基準だと賃金は上がるだろうし、雇用も改善しますよ。確かにその分皆さんはがんばって今まで以上に働かないといけませんが、それはしょうがないことじゃないですか。楽して改善することなんて無いですからね。

一時期投資ブームがあったじゃないですか。まああれも仕掛け人とかがいて、僕の知り合いもその一人なんですけど。そもそも投資をしたら儲かって、生活が豊かになる、と皆さん思ってると思うのですが、それはそれとして、投資される側ってどうなると思います？　これまで以上にがんばれって応援されるわけですから、がんばらないといけないじゃないですか。じゃないと投資したお金って無駄になりますよね。それと同じで、結局誰かががんばらないといけないんです。


『これまでも擦り切れるほどがんばってきました』

うーん。がんばるって表現を使った僕がいけなかったですかね。無駄なことに幾ら努力をしても意味が無いってことです。最低賃金で馬車馬のように働いても何にもならない。それは本人にとっても、国家にとっても、無駄なことなんです。意味のある努力をしないと、ただただ疲れるだけなんですよね。

僕はあんまり学歴がどうこう言わないことにしてるんですが、この点においては大学を出てる方が有利でしょうね。誰でもできることって、あまり価値を生まないわけです。それが大学を出ることによって、少しだけ、誰でもできること以外にもできることが増えます。もちろんもっと本質的な才能の部分で、学歴に関係なく付加価値のある仕事をされている方はたくさんいると思いますが、まずは一般的な話で。

だから大学に対する考え方もだんだん変わってくるんじゃないですかね。新政府はそこにもテコ入れするって言ってますし。確かに、行ってもあまり意味が無い大学もありますからね。親御さんはそれでもいいからって大学に入れたがりますが、大学側に金を吸い取られて、結果、就職できない若者を増やすだけでしたから。そういうインチキ大学を整理するのは良いことだと思います。

『結局あなたに割いた時間が最も無駄だったかもしれない』

気付いちゃいました？　これまで僕の配信を聞いてくれていた全ての人達に言えることなんですが、その通りです。僕は皆さんから貴重な時間を頂戴して、それをお金に換えて、良い思いをしてきました。そしてそれはこれからも続きます。僕は申し訳ないですが皆さんが興味を抱くようなネタをたくさん持っていて、それを必要に応じて提供するつもりです。皆さんはそれを無料で視聴して、知らず知らずのうちに大事な大事な時間をすり減らすのです。それに気付いた人や賢い人は見ないでしょう。でも圧倒的多数のバカな人達はきっと、「なんだなんだ」と僕のネタに食い付くでしょう。そしてこの圧倒的多数のバカはインターネットという媒体と物すごく相性が良くて、簡単に騙されて、影響を受けて、如何様《いかよう》にも操られます。この弱肉強食の関係はずっと続いています。今に始まったことでは有りませんが。それでそういう烏合《うごう》の衆が政治に文句を言ったり、野球やサッカーに熱中したり、芸能人のスキャンダルに騒いだりするわけですが、今後は新政府の認定配信者の放送しか流れなくなりますからね。良かったじゃないですか。

僕ももうすぐ認定貰えるはずです。

僕言ってたの覚えてます？　国民からスマホ取り上げたら出生率上がるって。新政府がやってることはまさにそれですよね。自分で言うのも何ですが、頭良いですよね、彼ら。

『そんなことより、牛丼旨いですよ』

素直に羨ましいです。それが食べられる環境にいることが何より羨ましいですね。人って、自分が持ってる長所に気付かないもので、それを無駄にしたり、遠回りしたりしてるんですよね。僕に言わせれば、日本がどれだけ落ちぶれても、牛丼が旨いというその一点だけで十分胸を張れると思います。

『まろみん、日本のために立候補してください』

無理ですね。もちろん僕が立候補すれば知名度とかの点で有利でしょうから、新政府が決めた投票のやり方だとまず当選するとは思いますけど。

いや、やりたくてもできないんですよ。さっき日本に強制送還されるのが確定したので。ここが刑務所じゃなければ逃げたんですけどね。

多分僕が日本にいたときに住んでいた部屋を家宅捜索したんだと思います。解約しとけば良かったと思います。なんでそんなドジを踏んだんだろうって。でもあの部屋は妻と過ごした思い出の場所だったから、手放したくなかったんですよね。それに物も結構たくさん置いてあったし。無論彼女のものも。

まあでもこれで帰国して牛丼食べれるかもしれないんで。自分が犯した罪とやらを償いに帰るとしますか。何の罪かは謎ですが。

あ、軍用機で送られるそうです。僕のためだけに飛ぶそうです。めちゃくちゃＶＩＰ待遇ですよね。この国でそういう扱いを受けるのは大統領クラスの人か、極めて重い罪を犯した囚人だけだそうです。

それでは皆さん、ごきげんよう。機会があれば日本で会いましょう。

【判決の理由】

被告人の経歴

被告人小幡幸典は、197X年1X月16日◯◯県△△市で出生し、地元の小学校、中学校、高校を卒業し、その後東京大学に入学したが、やがて中退し、H12年に知人とインターネット関連企業を設立して取締役に就任し、H15年ころ同社の取締役を辞任した。

被告人はその後インターネット上でのコンテンツ配信サービスやソーシャルネットワークサービスを利用して知名度を上げ、一定の広告収入を得るに至る。

この当時、被告人は反社会的勢力の一員と交友関係を持つ。そのなかにいたのが反社会的勢力の中心人物Cである。彼らは幾度となく歓楽街で多額の遊興費を費やした。当時の該当店舗の帳簿を調べた結果、この費用の負担は被告人によるものである。この時期に、被告人はCと交友関係にあった革命政府（自称）メンバーの中心人物Dと知り合う。

被告人とDはマイナンバーシステム並びにグランドパワーセキュリティーの基盤システムのハッキングのために必要かつ十分な方法論を有しており、それを実行すべく行動を起こした。

まず、C及びDは、銀座のナイトクラブにおいて、偶然を装い経済産業省の官僚Eに接近した。Eは彼らから紹介された当該店舗の責任者Fから随伴を認められた看板ホステスGと懇ろとなった。Eはそれ以降頻繁にGに機密情報を含めた内情を漏らすようになり、Gはその情報を全てDに渡した。この情報漏洩が原因となり、グランドパワーセキュリティーの致命的欠陥を発見するに至った。

ここで、マイナンバーシステムが有する暗号化技術がハッキングされた件について説明をする。本件は別の事案にて十分に協議されているためその要点のみをここに記載する。

当該システムのセキュリティーの基盤となる暗号化の理論は、差分プライバシー(Differential Privacy)と呼ばれるものである。この暗号化においては個人情報をノイズ化し、情報を隠蔽することとなっており、このノイズ化に用いられる秘密鍵はスマートフォン内のセキュリティー領域に保管されている。この領域はほぼ全ての端末においてグランドパワーセキュリティーなるセキュリティーソフトが管轄、制御しており、グランドパワーセキュリティー内においてはこれが平文(暗号化されていない状態)で保持されていた。しかしそれだけでは暗号化されたデータを復号するには至らず、強力な演算能力を有する複数のコンピューターの常時稼働が必要だった。

被告人が交友関係を持った人間の一人にBがいる。ファーストフード店フランチャイズオーナーで、当時から頻繁に被告人と接触しており、当該ファーストフード店は彼らの溜まり場となっていた。Bは被告人と共にいる人間が反社会的勢力であると認識しており、それでも尚積極的に会合場所の提供を続けた。

折しも新型コロナウイルス流行の真っ只中である。ファーストフード店の経営が困難になり、政府の補助金や家賃補助を得ても赤字経営であった。そこで被告人はCと結託しこの店舗を私的に利用すべくBに金銭的援助を申し出た。Bはこれを快諾し、ここに被告人の拠点が設立された。彼らはファーストフードの冷凍室を利用し、その強力な冷却効果によってデータ復号を実現した。

こうして、国民全員が保有するスマートフォンが制御を奪われ、その実行犯は革命政府と称し、国民の情報を人質に政府に政権の譲渡を迫った。国民の大多数は革命政府を自称する組織の提案を了承し、暫定的ながら新政府の樹立が成立する。

一方、E自身の行動が原因で国家転覆の事態に直面したことをEが知ったのはスマートフォン革命から三日後のことである。Gからの恐喝を受け、ここで彼はその責任の重大性を認識し、簡潔な遺書を残して自死した。Gは一介のホステスということで重要な任務をこなしたわりに大した報酬を与えられることなくこれまでの生活に戻っていたが、革命の仕組みを紐解くネットの情報などから、自分に話していたFの情報が関与していることを知り大金をせしめようと脅迫を行ったのである。この遺書を確認した彼の上司Hは事態の深刻さを受け止め、デジタル庁デジタル大臣ならびに内閣総理大臣と緊急会談をし、そこで対策を議論した。同時に明らかになった犯行メンバーに対して捜査が行われ、CとDは逮捕される。

なお、被告人が過去に行った配信の中で、マイナンバーシステムの脆弱性について触れている。同動画の視聴回数は二百万回であった。政府は本件については関知せず放置していたが、Dはこれを反政府的活動のためには危機的な状況と認識し、被告人を強引に国外へ追放することとなった。Dは被告人を亡命先のO国にて誅殺《ちゅうさつ》する予定であったが、それよりも先に同国において逮捕されるという予測不能の事態が発生し、被告人を殺害する計画は未遂に終わった。ただし被告人はこの件について、O国の旧市街地にて何者かの襲撃を受け重症を負ったと主張している。

また、被告人には国家反逆罪とは別に殺人罪でも起訴されている。事件が発覚したのは革命政府（自称）のメンバーの一人Iがファーストフード店の十平米余りの冷凍室内に設置されている演算処理用のサーバーを移動した時のことである。そこで彼は女性の死体を発見し、Dに報告した。Dはすぐに Cに確認したところそれが被告人の妻であることが分かった。この件については、以前配偶者であるAが失踪したと被告人本人から警察に捜索願が提出されている。

自白

以下、音声記録をテキスト化したものである（加工、改変無し）。

「ずっと不思議だったんですよ。だって絶対にバレるはずがない場所に死体を隠してたんですからね。冷凍室の中じゃないですよ。その床の下です。わざわざタイルを剥がして、その下に埋めたんです。その後は何事もなかったかのように、元通りにしたのに。それがなんで、サーバーのメンテ要員がいつも通りサーバーを点検してるだけなのに、見つかったのか。それだけが納得できなかったんです。全般的に罪は認めますし、反省もしてますけど、ただそれだけ。誰が裏切ったのか。それだけが気がかりでした。

でも分かったんです。この国に帰ってきて。スマホでピッて、できないでしょう。今。電子マネー関連が完全に使えなくなっちゃってるんですよね。ああそうか、そうだったな、と。で、反社の連中はもともと銀行が使えない、クレカも作れない、なので電子マネーだけが頼りだったんですがこれが潰された。だから裏切りやがったんです。現金欲しさに旧政府と交渉でもしたんでしょうよ。で、あのアジトが見つかった。国家転覆を謀った組織のアジトともなれば、それはもう徹底的に調べまくるでしょう。たとえ床に穴を掘ってでも。

まぁでもこうして僕らによって国民投票が瞬時にできる仕組みを提供できたわけですよね。これからも使ってくださいよ。是非。選挙もこれでやるんでしょう？　結果は変わらないでしょうけどね。国民なんて何にも分かっちゃいないですからね。僕の配信見てる連中に政治がどうのこうのなんて分かるはずがないですから。でも彼らは、瞬時に世論が得られることは分かった。民主主義の究極の形が到来したわけです。有権者による投票率ほぼ百パーセントがこれで実現できる。少なくともそれがもう目の前にある。もうこれ、無かったことにはできませんよ。どうします?

僕以外の、今回の件に関与したメンバーはどうなるんですか?　そうですか。まぁ、全員覚悟の上ですからね。別に今更驚くことはないです。

でも、電子決済を完全無効化するって、誰が考えたんですか?　そうですか。ってことはやっぱり僕らのミスなんですかね。そこまでの影響を考えてなかったから。あるいはもし政府側の誰かがそれをしたというなら、相当なファインプレーですよ。尊敬します。まるでハンニバルを倒したスキピオですよね。

折角だから牛丼が食べたいのですが駄目ですかね?　有料?　念のため確認しますけど、Suika は使えませんよね?」

【主文】被告人を死刑に処する

法令の適用

国民出産及び生産促進法（以下、国産法）に基づく。

量刑の理由

国民投票並びに国産法による。

【○○裁判所第○刑事部裁判長裁判官○○○○、裁判官○○○○、裁判官○○○○】

新しい人々

「本当に寿司だけでいいのか?」

淳也は首都高京橋入り口の合流でハンドルを左に切りながら助手席の恵に聞いた。

「いいって。顔が見たいんだって」

恵は膨らんだ腹をさすりながら言った。

周囲の車は制限いっぱいの速度をキープしている。

「マグロが好きなんだっけ? 君の両親も」

「お母さんはそう。お父さんはどうだったかな」

「実の父親なのにそんなことも知らないのか?」

「いい機会だからあなたももっとうちの両親に興味持ってよ。いつも他人事みたいに構えてるじゃない? 家族なんだから」

恵は慣れない手付きで車内前面のタッチパネルに触れる。

「この車、操作よく分からない。教えて。ラジオはこれでいいの？」

「スマホと同じようなもんだよ。自動運転に切り替えたら俺やるよ」

車の天井に設置された小さなスピーカーから「すみません、分かりませんでした」という女性風の機械音声が流れる。

「お前じゃない」

淳也が頭上に向かって言った。

恵も同じ方を見てから、淳也を見て言った。

「いいよ。あなたは運転に集中して。元々そんなに得意じゃないんだから」

「得意じゃないってことはないんだよ。ブランクが長いだけで」

ラジオのチューニングが合った瞬間に陽気な声で番組タイトルを叫ぶ声がした。

「ゲット長塚のゲットでナイスモーーニング！」

その声と同時に賑やかなオープニングの音楽が流れる。

「変える？」恵は淳也の顔を見て言った。

「あ、いや、そのままでいい」

「嘘。嫌いでしょこういうの」

「そいつは嫌いじゃないんだよたまたま」

「そうなんだ。私は嫌い」

「あそう。じゃあ変えてもいいけど多分他は俺は嫌い」

「じゃあこのままにしとく」

ゲット長塚と名乗るラジオパーソナリティが淡々と喋っている。

「日曜日の朝、東京の天気はやや曇りと言ったところでしょうか。予報ではもしかすると午後から雨になるとのことでした。

皆さんいかがお過ごしですか？　秋もやや深まって参りまして気温もやや冷え込んで来ましたがゲットは今日も変わらず半袖でやらせていただいております。ゲットはですねぇ、皆さんもご存知かと思いますが、やっぱ暑がりなんですよね。冬の札幌のホテルで窓全開ですから。

冬なのに半袖半ズボンの小学生、いるじゃないですか。あれが、ゲットです」

無表情に外の景色を眺めていた恵が口角を上げた。「馬鹿じゃないの」

「さて本日のゲストをご紹介させてください。えー、本日のゲストは先週お伝えしておりました通り、なんと、なんと、ですよ。ゲットでナイスモーニング始まって以来のビッグゲストです。大、大、大女優、青山優花さんにお越し頂きました。優花さん、よろしくお願いします」

「結構大物が出るのね」恵が言った。

淳也は前を走る軽自動車を見ながら、ハンドルを指でトントンと叩いていた。

「おはようございます、視聴者の皆さん、あ、視聴者って言わないんでしたっけラジオですものね」

「はい、大丈夫でございます。リスナーの皆様には伝わっております、はい」

「ゲットさんもお元気そうで。本当に半袖なんですね」

「ありがとうございます。ゲストさんに絵的な説明をさせてしまって、大変恐縮でございます。えーっと、優花さんとはいつ以来でしたかね。去年の局のチャリティーイベントの時にご一緒させて頂いて以来でしたっけ？」

「そうでしたっけ？　今年はまだお会いしてませんでしたっけ？　なんかゲットさんのラジオちょくちょく聴いているのであんまり間があいている気がしませんでした」

「大変恐縮でございます。ゲットごときの番組を日本を代表する大女優の優花さんが聴いてくださっている、たとえ嘘でもゲットは感無量でございます」

「そんな、ゲットさん、大袈裟ですって。すごく助かってるんですよ。私なんか一応、女優業をやらせていただいてますでしょう？　やはり広い視野を持って仕事に取り組む必要があると思いつつも、どうしても、こう、視野がこう、狭くなりがちなんです。

たとえば私ね、この間まで、買い物袋からはみ出るおネギの正しい対処方法知りませんでしたもの」

「あれ、気になりますよね。ネギってこう、長いから絶対に買い物袋からはみ出ちゃうんですよね」

「そう。こう、ぷらんぷらんってなって、自転車のカゴにも収まりが悪いですし」

「自転車なんて乗られるんですか？　優花さん」

「失礼な。乗りますよ当然。と言っても、アレですけどね。バッテリーが付いてるちょっと反則なやつです」

「電動アシスト付き自転車というやつですね。最近の自転車はほとんどそうですよね」

「坂道がほんと楽で。娘を幼稚園に乗せて行っていた頃は昔の自転車でしたから本当に大変でした。あれにくらべると楽になりましたよね。素晴らしい発明だと思います」

「本当にあれはお母さん達の力強い味方ですよね。今や色んなものが電気で動きますからね。車だって最近増えてきたじゃないですか」

「うちの車はまだまだガソリンですけど。お恥ずかしながら」

「うちだってそうですよ。排ガス撒き散らしまくりです。でもこの前知り合いに乗せて貰いましたけど、すごいですね、今どきの電気自動車。全部自動なんですよ。普通の車にありがちなごちゃごちゃしたボタンとかスイッチとかそんなの全く無くて。アクセルもブレーキも全部ペダル一つで操作するんですよ。踏んだら進んで、離したら止まる。見ていて変な感じでしたよ。駐車場に入れるのも自動ですしね」

「はぁ。そうなんですね。私は普通ので大丈夫です。なんでも自動ってなんか怖くて」

「分かります。ゲットもどちらかというとそっち派です」

「良かった。ジジババ同士これからも仲良くしましょうね」

「はは、恐縮でございます」

「でも世の中はどんどんそういう便利な方向に進んで行くんでしょうね」

「ですよねぇ。人工知能、AIとか、すごいらしいじゃないですか」

「ほんっと私は機械音痴でダメ。スマホがギリギリ。それ以上は無理」

「ゲットも同じです。そういうのはもう、新しい人達に任せるしかないんでしょうね」

「お肌と同じで代謝が大事ですからね」

「まさにおっしゃる通りで。ところで、優花さん、ネギのお話はどうなりましたっけ」

「そうでした、そうでした。すいません、話が脱線しちゃって」

「いえいえ、ゲットもがっつり拾っちゃいましたからね。失礼しました」

「なんかこうやって改めて注目されちゃうと大したことないんですけど」

「ゲットをはじめ、リスナーの皆さまが大いに期待してますよ。さぁ、どうぞ」

効果音のドラムロールが鳴った。

「その、おネギを、色が変わるところで真っ二つに折れば良いんです」

「へ？　折っちゃうんですか？」

「はい。青いところは青いところ、白いところは白いところ、そもそも用途が違いますでしょう？」

「ゲットは詳しくは知りませんが……。ちなみに青いところは何に使うんです？」

「お肉の臭み消しとかに重宝しますよ。角煮とか」

「なるほど」

「だから折ったって別に困らないの。どうせ帰ったらすぐ晩ごはんに使うなり、冷凍するなりしますし」

「ははあ、なるほど。ゲットは全く料理をしませんから分かりませんが、そういうもんなんですね」

「私それを知って本当に目からウロコで」

「どこの誰にそれを教えて貰ったんです？」

「それが、スーパーの買い物かごからエコバッグに移してるときに、隣の奥様がいきなりバキって」

「大胆ですね。優花さんもそこで同じようにバキッと？」

「その日はおネギを買ってませんでしたから、次の機会から、バキッとするようにしました」

「ちょっと優花さんのイメージが崩れるのであまり見たくはないところですが……」

「そんなことないです。常々、強い女でありたいと思ってますから。だからそのネギの奥様とか、目の前にいらっしゃるゲットさんのように、世の中を違った視点でバッサリ斬ってくれるようなお話はとっても新鮮なんです」

「それはそれは、綺麗にまとめて頂いてありがとうございます。ゲットとしましてはこれからも独断と偏見でズバズバいきたいと思います。それじゃあ、早速ですが例の告知の件をまずはお願いしてもよろしいでしょうか」

「いきなりですか？　もう少しおしゃべりとかする必要とかないですか？」

「ゲットはそういう回りくどいのが大嫌いでして、折角いらして頂いたからにはまずはしっかりお仕事をして頂くのが主義でございます」

「ありがとうございます。流石ですね。では、お言葉に甘えさせて頂いて、この度、映画『マリオンの花束』、に出させて頂きまして、来月の11日に公開となっております。皆様是非、劇場まで足を運んでいただければ幸いでございます」

「こちらは人気作家の双山孝先生の原作のお話ですよね」

「ええ。少し前になりますけど、大ヒットしましたものね。あの小説」

「簡単にどんなお話か教えて貰ってもいいですか？　ネタバレにならない程度に」

「分かりました。この映画は少し大人向けな恋愛のお話で、銀座のクラブで働くホステス、私が演じさせて頂いてます、と、その日暮らしの若い天才ピアニスト、こちらは若い女性に大人気の日向奏多さん、ですね、がひょんなことで出会って、恋に落ちるというお話です。ちなみに、ゲットさん、聞いてください。日向さんのお肌はめちゃくちゃお綺麗でした」

「そうですよねぇ。なるほど。彼は今男性化粧品の宣伝でも引っ張りだこですもんね」

助手席の恵が淳也の顔を見る。

「負けず劣らず肌綺麗よね。白いし。隠れて何かしてる？」

「何が？」淳也が言った。

「化粧水とか、色々。肌のメンテナンスよ」

「前にも言ったろ。洗ってすらないよ」淳也は頬を触り、ハンドルを握り直した。

「それはにわかに信じがたい」恵が言った。

ラジオではゲットの声。

「映画の予告のワンシーンで優花さんと日向君が連弾するシーンがありますよね。失礼ですが優花さんはピアノはご経験が？」

「十八歳くらいまでは弾いてました。母が熱心で。当時は音大に行くか、役者になるか、でこの業界に入ってからはほとんど弾かなくなって。もう弾けないかなと思っていたら、少し練習したら案外弾けたんです。しかもあのショパンの曲ですよ。監督も喜んでくださって」

「それはやはり才能とか素質なんでしょうね。うちの奥さんは全く弾けなくなってますもん」

「折角弾けたのが弾けなくなるのは勿体ないですよね。私も娘のピアノでこれからもちょいちょい弾こうと思います」

「やっぱりリアルに弾けた方が作品としても完成度は上がりますもんね」

「はい、おっしゃる通りです。監督の意向で、小説の世界観をできるだけそのまま映像化することにこだわってましたから」

「なるほど。独特な雰囲気ありますもんね。双山ワールドと言いますか」

淳也はハンドルに付いている「Auto Pilot」と書かれたボタンを押してハンドルからそっと手を離した。

「私もこの作家さん好きなんだよね」恵が淳也の方を見た。

「別に俺は好きじゃないな。読んだこともない」

ラジオでは女優青山とゲット長塚の会話が続いていた。

「で、その双山孝先生、女性の目線、視点とか、考え方、というのは男の自分では想像することしかできないから永遠の謎だし、テーマだって言うんですよ」

「んー、まあ双山先生ほどの大作家でもそう言うならそうなんでしょうかねぇ」

「ゲットさんはどうですか？」

「いやどうですかって言われましても、そうですねぇ。女性の視点ですか。真剣に考えたことは無いですね。というかそもそも自分は既婚者ですからそういう話題には疎くてですね。あいや、だからこそそういう視野の広さが求められるってことでもありますかね。そういう時代ですもんね」

「おっしゃる通りだと思います。一昔前なら男性は皆、男は男の道をゆくなんて言ってましたものね」

「はい。ゲット風情はその方がしっくりきます」

「それで先生のお話に戻るんですけど、ある日ね、先生がいつも通ってらっしゃる銀座のバーでお酒を飲んでいたら、とあるいいお歳の男性と仲良くなったらしいの。ちょっと小太りの」

「私より？　一応今朝量ったら95キロありましたけど」

「毎日測ってらっしゃるんですか？」

「そうなんです。量るのを怠ると増え続けますので。見える化は大事ですよ。数字は嘘をつかないですからね」

「私は怖くて最近体重計に乗ってません」

「そうなんですか？　まあ全く問題なさそうですけどね。流石大女優と言ったところでしょうか」

「そんなことありませんよ。いい歳ですから油断したらもう、ずるずるずるーっていきますから」

「そういうもんですかね。まぁうちの奥さんなんかも同じこと言ってますが」

「そうでしょう？　女性は何かと大変なんですよ」

「失礼いたしました。で、その我らが小太りさんはどのくらいの小太りさんでしたっけ」

「そうね、見た感じは、うちの旦那くらいって言ってたかしら」

「あの川原健吾さんですか！　そりゃなかなかですね。で、それからバーでどうなりました？」

「太った男性とすらっとした作家先生が仲良くなったところで、それだけじゃ何のお話にもならないでしょう？」

「まぁそうですね。需要は無さそうですね」

「そこにはやっぱり花があったの。キーマンが。いや女性だから、キーウーマンがね」

「はぁ。キーウーマンですか」

「先生も唸るほどの美人がいたのよ」

「唸るほどのですか。作家先生が唸るって言うからには相当なんでしょうね」

「でね、よくよくお話を聞いたら、その美人というのが、今度の映画で私と共演してる、湊杏菜ちゃんだったのよ」

「えー。それは驚きというか、いいんですかそんなきわどそうな話をしちゃってこの場で」

「ちゃんと事務所と本人にも了解を得てます。事務所の社長さんは、是非、とおっしゃってました」

淳也は車線を跨いで右に移動するべく、ハンドルを切り、言った。

「誰？　湊杏菜って」

「知らないの？　前の朝ドラに出てた子。確かに美人系。清楚な。チャンネル変える？」

「いや、そのままでいい」淳也は言った。

「案外好きだったりして」

恵は淳也をからかうように言ったが彼は黙っていた。

車内にはラジオが流れている。

「私、湊杏菜ちゃんとは初共演だったんですけど、ゲットさん、杏菜ちゃんってどんなイメージあります?」

「えー? そうですね、清純派というか、素朴な感じというか、どうでしょう、真面目な感じですかね。少なくとも見た感じの印象では」

「そうそう。私も最初はそう思ってたんだけど、違ったのよ」

「はあ。違ったと言いますと、どう違ったのでしょうか」

「すごく、よく喋る、明るくて活発な子なの」

「そうでしたか。意外ですね」

「撮影中とか、スタッフさんとかの前ではゲットさんのイメージ通りなんですけど、私の前だと本当によく喋るのよあの子」

「何でしょう、安心するんですかね? 優花さんの前だと」

「あらゲットさん、ひょっとして。お母さんみたいだって言いたいんでしょう?」

「いえいえ、滅相もございません。第一、それほどお年は離れてないでしょう?」

「ブー。残念でした。私の娘と同い年なの」

「えー。じゃあリアルにお母さんと同じくらいってことですか」

「そうなのよ。映画の中では私達同じ店のホステスを演じてたからそんなに意識してなかったけど、これを知ったら観に来たお客さん、ゾッとしちゃうわよね」

「いえいえ、ゲットはそんな感じは全くしませんでしたよ」

「ありがとうゲットさん。嘘でも嬉しいわ」

「それでその、デブって言ったらアレですね、そのぽっちゃりさんと先生と湊杏菜ちゃんがどうなりました？」

「そうそう。そのぽっちゃりさん改め、社長さん。会社名はメジャーじゃないけど、それはもう、大層な資産家だとかで、高級スポーツカーを何台も持ってるとか」

「そうなんですね。でその社長さんが杏菜ちゃんと一緒にバーにいたわけですがそれってなかなか、どうでしょう、なかなかな状況じゃないですか？　いいんでしょうかねこんな時間にラジオでお話ししても」

「別にやましいことは何もありませんから。何でも、その社長さんは杏菜ちゃんのお父様のお知り合いで、幼い頃から杏菜ちゃんの面倒を見てくれてたんですって」

「そうですかなるほど、じゃあまあ、親子みたいなものですかね。捉え方的には」

「ええ。社長さんが大体六十過ぎで、湊杏菜ちゃんは二十一だから、ちょっと遅めの娘さん、という感じかしらね」

「先生っておいくつくらいでしたっけ」

「先生は四十五歳。私、この間お誕生パーティーに呼ばれて、二次会だか三次会だかでこのお話を聞いたのよ」

「優花さんは割と先生とは親しいんですね」

「お近付きになれたのはやっぱり映画がきっかけですね。と言っても先生は制作には一切絡んでませんのよ」

「そうなんですね。じゃあ杏菜ちゃんとはさっきのバーで会ったのが初めて、ということでしょうか」

「そうなの。それも、後で分かったことだから、先生、何も知らないまま湊杏菜ちゃんのことを見知らぬ謎の美女って思ってたのよ。笑えるでしょう。先生、テレビもほとんどご覧にならないそうだし」

「その、バーで何度もその社長と湊杏菜ちゃんと先生が対面してたってことですか?」

「そうそう。何だか意気投合しちゃったみたいで。週末の夕方あたりには大体ご一緒されるほどの仲になったとかで」

「でも先生って普段お顔は出さないじゃないですか。その時も自分が作家の双山孝とは名乗られなかったのですよねきっと」

「そうそう。だから私も不思議だったのよ。先生、何がきっかけでその社長さんとお近付きになられたの？　て聞いたら、お二人とも煙草嫌いで意気投合したんですって」

「煙草嫌いって言っても、バーでしょ？　会ったのは」

「ああそのバーは随分上品なバーでね、私もお邪魔させて頂いたことあるんですけど、禁煙なの」

「バーで禁煙？　変わってますねそれは。ゲットも今度行ってみようかな。と言いますのも……」

淳也はハンドルを再び握って「どこに需要があるんだそんな店」と呟いた。

車は「羽田方面」の標識に従って進路を変えた。

天井から「すみません、分かりません」の声。

ラジオからは音声が引き続き流れている。

「私ばかり喋っちゃって、大丈夫ですか？　ゲットさん」

「いえいえ、お気になさらないでください。これはそういう番組ですから。で、その後先生と社長さんの関係が深まった、というお話でしたよね」

「そうそう。それで先生、この一連の出来事を小説になさったらしくて、それがまさに先週発売されたわけなの」

「それはそれは、ちなみにそれはどんなタイトルですか？　私も是非読んでみたいと思いますので」

「それが『フンコロガシと濡れ乙女』って言うんです。不思議なタイトルでしょう？」

「こりゃまた、随分妙なタイトルですね。あ、妙って言っちゃいけないのか。しかし、今のお話でいつそういうタイトルになり得たんでしょうかね？　だってぽっちゃり社長と知り合っただけですよね」

「それが、先生のご興味は社長さんと杏菜ちゃんの関係だったの。二人の関係、実際はそれが親子みたいなものだというのを知ったのは最後の最後で、それまでに先生が二人の関係についてあれこれ想像したお話がこの小説になったってわけ」

「なるほど、あくまでもそれは先生の空想のお話、ということですね。ちょっとゲットは冷や汗が滲みましたよ」

「ええ、最近は暴露本とか流行ってますものね。でも小説を読む限りではその二人がモデルになったなんてちっとも分かりませんから、心配ないと思いますよ」

「まあ、こうしてこのゲットのラジオを聴いているリスナーさん以外は、ですけど」

淳也の隣の恵はスマホを操作しながら「私この本買うわ。面白そう」と言った。

「人の秘密を暴露して何が面白いんだか」

「フィクションだって言ってるじゃない」

「どうだかね。作家なんて生き物はみんなどうせ食わせ者だから、本当のところはどうだか分かったもんじゃないだろう」

「だったら尚の事、面白そうじゃない？」恵は笑った。

「面白い話なら身近にだってあるんだぜ。何ならうちの社内で最近あった不倫の話を教えてやろうか。事実は小説より奇なり、さ」

「何それ。面白そう、教えて」

淳也はハンドルの「Auto Pilot」を押した。

「うちの会社にバリバリに仕事ができる女課長がいるんだ。歳は四十手前で、子供は小学生」

「バリバリってどんな感じ？」

「さっきのネギをへし折ったおばちゃんみたいな感じかな。他の社員が躊躇するようなことを平気でずばずばやる感じ。無論、それが結果に繋がってるから評価されてるわけだ」

「なるほど。それで？」

「その女課長の年下の旦那が、同じ課内にいるんだ。つまり直属の部下だ」

「うーん、勝手な印象だと、気弱な感じ？」

「当たってる。背が高くて細くて青白くて、大人しい」

「そっかー。なんかそういうのってお互いやりづらそうだけど」

「そう思うだろう。けど実際はそうでもなかった。二人ともうまく連携して仕事をやってたんだ。不倫が発覚するまでは。互いにプロ意識を持って、仕事は仕事と割り切ってやれてたんだな」

「どっちが不倫したの?」

「女課長の方だ」

「えー。意外。でも逆はもっとそうか。相手は? 誰と?」

「えーとたしか……取引先の、やり手社長と」

「なるほど。でもそれって、そう簡単にはバレなさそうだけど。だってどっちも抜け目なさそうじゃない。誰にも気付かれないようにうまく隠してそう」

「そう。けど、それが案外あっけなくバレて、甘い生活は終わった」

「どうやって?」

「その年下の旦那がたまたまカーナビの履歴を見たら、直前の日曜日の経路がラブホテルに直行してたんだ。彼らは郊外に住んでるから、それは誰もが知る疑いようのない場所だった。旦那がそれを見つけた時、まさにちょうど家族三人で旅行に行くところだったそうだが、旦那がまるで子供のように泣きじゃくって旅行は中止、取り繕うのが大変だったとか。その女課長が淡々と語ってくれたよ」

「すごい絵ね。その後どうなったの？」

「やり手女課長はすっぱりその不倫相手と縁を切り、旦那に謝ったそうだ。まぁ全て元通りってわけには行かないが」

「他の人は知ってるの？　それ」

「いや。俺も彼女から聞くまで全く気付かなかった」

「でもなんでその課長さんはあなたにそのことを話したのかしら」

「さぁ。口が堅いからかな」

「……なるほどね。しかしカーナビの履歴か。それは言い逃れできないわ。盲点ね。あなたも気を付けた方がいいわよ」恵はそう言って笑った。

「心配ない。こいつは履歴を残さない設定になってる」

淳也は前面のパネルに触れた。

天井から自動音声。「経路案内の履歴はオフになっています。こちらは工場出荷時の設定になっております。変更される場合は……」

「そうじゃなくて、俺は不倫なんかしない、って言うところでしょそこは」

恵は淳也を見た。

「……わざとだよ」淳也は笑った。

恵の反応は無かった。淳也も黙っていた。

淳也はチラとバックミラーを見てから指示器を出して、車線を変更した。不自然な慣性で少し車内が揺れた。

「酔いそう」そう言って恵はスマホをバッグにしまった。

天井の自動音声が「ハンドル操作の注意力が散漫になっています。運転に集中しましょう」と言った。

「余計なお世話だ」天井に向かって淳也は言った。

その時ラジオでは。

「本当にいいんですか？　ありがとうございます」

ゲット長塚のハイテンションな声。

「この番組に出るってお話ししたら先生、是非どうぞって送ってくれたの」

「それは恐れ入ります。リスナーの皆様、双山孝先生のサイン入りご著書『フンコロガシと濡れ乙女』を三名様にプレゼントします。応募方法は番組終了後に流れるガイドに従っていただくか番組ホームページの『ゲットでナイスモーニング』のお知らせからどうぞ」

聞いていた恵は「あら、もう買っちゃった」と言った。

「どうせ当たりゃしないよこんなの」淳也は吐き捨てるように言った。

「そうだよね。でも私、前に別の番組でステッカー貰ったのよ」

「あの箪笥に貼ってるやつか？」

「そうそう。大事にしまってたけど、それはそれで勿体ないから貼っちゃった」

「嫁入り道具によく貼ったなと思ってた」

「でも原因はあなたですからね。言ってなかったけど」

「俺が？」

「あの日のことが原因ですから」恵は意地悪そうな目で淳也を見る。

「あの日？　ああ、締め出されたあれか」

「そうそう。これは一生忘れまいと思って」

「でも結局誤解だったろう？」

「まあね。でも普通動揺するでしょ。旦那のスーツからファンタジーキングダムのチケットの半券が二枚出てきたら」

「俺が普段から行きたいとも思わない所に、浮気相手となら行くと君が考えるのは理解できない」

「だってそんなの分からないじゃない。一緒に来てくれたらいいことあるかもよ、なんて言われたら男は飛んで行くんじゃないの？」

「そんな分かりやすい女がいるものか。そういうのは大抵、そういう思わせぶりな態度をとっておいて、結局何もないってオチなんだ」

「よく知ってるじゃない」

「ドラマや映画でよくある話じゃないか」

「まぁいいわ。済んだ話だし」

淳也は黙ったまま先行する車にぴたりとついて走らせた。

ラジオの方では。

「えー。やっぱり際どい内容じゃないですか」

「そうですか？　別に珍しいことじゃないんでしょう？　今時パパ活なんて」

「まあ、そうは言っても全部想像なんでしょう？　先生の」

「もちろん。杏菜ちゃんと社長さんは全然そういう関係じゃありませんから」

「それで先生は……いや、それは本を読んでからのお楽しみですかね」

「先生からは何を話しても構わないって了解を得てますから、何なら全部読み上げましょうか？」

青山優花の笑い声。

「余裕で夕方くらいまでかかりそうだな。向こうでディレクターの木村が苦笑いしてますね」

「冗談ですよ。ファンの皆様にはやっぱりちゃんと最後まで読んで貰った方がいいですものね」

「そうですね。ほんのさわりだけ、簡単に紹介して貰うということで」

「分かりました。この本はとある作家、と言っても、モデルは双山先生なんですが、その作家がバーで二人の男女と出会うというお話です。その頃先生はいわばスランプに陥っていらして、なかなか筆が進まなかった、というのと、お酒の量も増えてきていた、というのがあって、そのバーに入り浸っていたんですね。だから先生としては、何かこう、新しい刺激のようなものが欲しい、そう考えていたところだったのです、というのがまずは出だしのところです」

「なるほど、本当にそこまでは実話そのままなんですね」

「はい。私も読んでみてびっくりしました。それでそこから話は面白くなるのですが」

「はい、湊杏菜ちゃんと社長さんの関係ですよね」

「ええ、先生はそのお二人との会話を進めるうちに、どうにもその女性の方、に興味が行きます。それは、とても美しい、若い女性でした。双山先生って美的感覚がとても繊細で、その女性については真っ白な紙のようだと言っています。薄い、透き通るような紙のように儚く、少しでも濡れたらもう溶けてしまいそうな存在だと言ってますね。私はこの表現が大変気に入りました。そしてそれとは逆に、一緒にいる太った男に嫌悪感を抱くんですね。その男はどうにも、身なりは綺麗だけど、薄汚い感じの、脂ぎった、ガマガエルのような男で、先生はこの男のことが最初、嫌いで嫌いで、仕方なかったのです」

「すいません、話の腰を折っちゃいますが、優花さんのお話を聴いていると、何かこう、子供が寝るときにお母さんに読み聞かせして貰っているような感じがしますね。もちろん私は眠くはなりませんけど」

「俺は眠いな」淳也はそう言いながらハンドルから手を離し、胸ポケットからガムを手に取り出し、口に放り込んだ。

天井からの自動音声が言った。「ハンドル操作を続けてください。現在の Auto Pilot では、自動運転モードのON、OFFにかかわらず、ハンドルに手が触れている必要があります」

「便利なのか不便なのか分からないねこれ」恵が言った。「運転代わろうか？　簡単なんでしょう？　この車」

「そんな夢みたいなのはまだまだ無理だ。っていうかそもそも君、免許無いだろう？」淳也はそう言いながらハンドルを握り、車線を変更し、また自動運転をオンにした。

ラジオの青山優香は言った。

「すいませんね。よく言われるんですよ。そもそもの口調がそうなのかしらね。でも逆にこういう練習とかしてませんから、素の状態が出てるということかしらね。

それで、先生は何とかしてその若い美女と二人で話がしたいと思うんです。ガマガエルがトイレに立つ時を狙ったりして。でもこの女性というのがとても奥手と言いますか、そういう、何でしょう、男性からの強引なお誘いが苦手で、先生の思い通りにならないんです」

「湊杏菜ちゃん本人は、そんな感じではないんですよね？」

「そうなんですけどもうこれは先生の創作の世界ですから。一旦杏菜ちゃんのことは忘れてください」

「ははあ、なるほど、だから僕達もそういうつもりで読まないとダメってことですね」

「はい。それに実際の先生はこんなに女ったらしじゃありませんものね」

うふふ、と青山は笑った。

「ここからはそのガマガエルの悪口が続くのですが、ちょっと端折《はしょ》りますね」

淳也が運転する車は羽田方面に進路を変えてからしばらく道なりに進んでいた。周囲に車は少なく、空は曇り、前面モニターが示す外気温は十五度だった。

「男なんてさ」恵が言った。「大体ゲスよね」

淳也は黙ったまま、ハンドルから手を離さなかった。左右を大型トラックに挟まれて自動運転が解除されたからだ。

「どうせこのガマガエルって人も、下心丸出しの、ゲスなんでしょ」

「ガマガエルって名前ではないけどな」淳也は難局を乗り越えて再び自動運転に移行した。

「私が産休に入る前、うちの部署の若い女の子がマッチングアプリで知り合った元サッカー選手と付き合ってて浮かれてたんだけどさ」恵が言った。

「元選手ってことはそれなりの年齢？」

「うん。四十超えてる。だからその子とは二十歳近く差があるのかな」

「その子はサッカー好きなの？」

「全然。にわかもいいとこ」

「そしたら話合わなくないか？」

「関係ないよ。会ってもセックスしかしないんだもん。デートして、旅行して、温泉とか行って、その都度絶対やってんの。しかも一晩で何回もするんだって。その子そんなの初めてだって喜んじゃって。私、こんなにも愛されてる、大事にされてるとか言ってた」

「元気だな。流石元サッカー選手」

「いい歳して、やりたいだけのおっさんじゃん。でもその子も悪いのよ。やめときな、って言ってるのに、もう舞い上がっちゃって、ウキウキでやりたい放題されてる感じ」

「本人がいいんならいいんじゃないか」

「それがいいわけないのよ。本人は元々そういうの嫌いだったんだから」

「気が変わったんじゃないのか？」

「結局別れた、というか捨てられたらしいけどね」

淳也はハンドルから手を離してガムを吐き出してゴミ箱に入れた。

そしてラジオでは。

「本当にそんなこと書かれてるんですか？」

ゲットが言った。

「そうよ。先生の作品はそういう、淫猥って言いますか、ちょっと破廉恥な表現が多いですもの」

「でも実話じゃないんですよね？」

「ええ、何度も言いますが、フィクションです。たまたま、リアルな人物とかぶっているように見えるだけで」

「でそのガマガエルはその後どうしたんですか」

「これが嫌味な男で、先生が杏菜ちゃんに興味があるのを知っていてわざと、杏菜ちゃんの肩とか膝を撫で回したり、首元にキスしたりするのを見せつけるのよ。ああ、杏菜ちゃんじゃなくて、若い女性ね。もうごっちゃになってきちゃった」

「ですね。もう僕も頭の中杏菜ちゃんになってます。それで先生は？」

「先生はやはりプロの作家ね。冷静に、それを見ながら今書いている作品のことを考えていたの」

「作品？　先生の小説の中で先生が作品を書いている？　ややこしいな」

「そう。それでその作品は論文というかエッセイみたいなもので、女性に関するものだったの」

「はあ、そういうのも書くんですね」

「先生と言っても、双山先生ではないですから。そういうのも書く、架空の作家さん」

「ああ、そうでした。それでその先生は冷静に、目の前で起きているその男女がちちくり合う姿を、見ていた、ということですね」

「そうそう。でも先生の頭の中には確固たる信念があって、それが何かというと、その子、杏菜ちゃんはそれを嫌がっているに違いない、という思いなの」

「はあ。それってどういう根拠でそう思われたんでしょうか？　先生の想像？」

「ただの想像なら、勝手な想像よね。そう思いたい気持ちも分かるけど。でも先生にはちゃんとした根拠があったの。それは先生のそれまでの女性遍歴が関連してるわ」

「はあ。先生もなかなかお盛んだったんですね」

「作中の先生は、テレビにたくさん出ていた時代からスランプに陥って、書くものを模索している作家さんなの」

「なるほど。でもそれって双山孝先生そのままだったりしません？」

「まあそこはさておき、その過去の華やかな時代に散々女性と関係を持たれて、その中で気付いたことがあるんですって」

「それは何かと聞きたいところですが、ここで一旦ＣＭです」

淳也はすぐにラジオのチャンネルを変えた。

「え？　変えないでよ。聴いてたのに」

「ＣＭだからいいだろう。他に面白そうなのがあっても、また戻るから」

「浮気性」恵が呟いた。

淳也は黙っている。保土ケ谷までの距離が標識に表れ、一瞬にしてそれを過ぎて、周囲に車がやや増えてきた。

南の空で一瞬雷が光った。

「あー、降ってくるかもね」

「そうだな」

恵はスマホの天気予報を見た。雨のマークだった。

「そろそろ戻してよ」

「まだいいじゃないか」

ラジオからは軽快なポップミュージックが流れている。数名の若い女が艶やかな歌詞を歌っている。

「また韓国？」恵は言った。

「知らない。そうじゃないのか？」

「こういう子達ってみんな同じ顔してるよね」

「そういうのは男が言うセリフだろ。女子はそういうのがいいんじゃないのか」

「私は興味ないから」

淳也は何かを言おうとして、口を閉じた。

淳也がチャンネルを戻すと既にゲットの番組は再開していた。

「本当ですか？　先生はそんなことを？」

「ええ。それが結論なんですって。だから、ガマガエルのいやらしい見せつけを冷静に見れたの」

「まあ、散々、モテ期に美人さんと関係を持った結果そう言うのならそうかもしれないんですかねぇ。ちょっと腑に落ちないけど」

「あら、じゃあゲットさんは先生とは真逆のお考えでいらっしゃる？」

「いやそういうわけではないですけど、流石に女子が誰もそれを求めていないって言われるとそうじゃない気もしてきますね本心としては。いや、どうなんでしょうね。考えたことも無かったから、っていうか掘り下げるなら深夜の番組でしょうねぇ」

「ゲットさんて正直な方ですね。そうやって素直な気持ちをはっきり言えることって、本当に素敵だと思います」

「ああ、そりゃどうも。恐縮です」

「だから先生はね、当時その見識についてご本を書かれていて、出版まで秒読みだったの」

「そしたらあれですね。その本をガマガエルに読ませてやれば、どうなんですかね」

「ご明察。先生のお話は次の展開。つまり、その本をガマガエルさんに贈呈するシーンが始まるの」

「ははあ。話が何となく見えてきました」

「流石ゲットさん。あ、はい、それではここで今週の曲です」

「あ、恐縮です」

男性ボーカルのバラードが流れて、恵が淳也に言った。

「チャンネル変えていいよ」

淳也は変えずに曲を聴いていた。

——A glass of water, clear and still,
——Her tears hidden in every fill.
——"What's this drink?" she asks, unsure,
——"Just water," he replies, a cure.

「この歌知ってるの?」恵が淳也に言った。淳也は「知らない」と言った。

静かな歌声がしっとりと漂っていた。

天井のＡＩが答えた。

「グラミー賞を受賞したバンド、スキニー・ガイズのスーが作詞作曲した楽曲『No Show』で、歌詞の内容を要約するとこうです。バーで女が男を待っていた。だが男は来なかった。女はバーテンダーに酒を頼んだ。何でもいいから強いやつをと。バーテンダーは黙って水を差し出した。女は自分の涙の味を酒だと思い、バーテンダーに酒の名前を聞いた。バーテンダーはただの水だと言い、女はそれを粋だと思った」

「ああ、ありがとう。このミュージシャン、かっこいい。さぞかしモテるんだろうね」恵が言った。

「さあ」淳也はそこで何かを言いかけた。そして「意外と不器用かもよ」。

曲が終わってゲットが

「さて、それではここで番組からのお知らせです」

と言って、スポンサーの商品紹介を始めた。

「さて今回ご紹介するのは、三つ星製薬さんが十年以上の研究開発をおこなってついに発売した禁煙補助食品、その名もヤメルガムです。ヤメルガムは従来の製品とは異なり、百パーセント天然由来成分で作られていて、健康面でも安心です。

いやぁ、ゲットも長年ヘビースモーカーでしたが、先月からモニター参加でこのヤメルガムを噛み始めて、皆さん、驚くなかれ。本当に煙草をやめることができました。僕正直、この手のやつ何度も試してきたんですよ。うちはマンション暮らしで本当に喫煙者が肩身が狭いんです。カミさんも毎日にようにやめろ、やめろと言ってくるんですが、どうしてもね、やめることができなくて。たまたま知り合いの紹介でこのヤメルガムのモニター参加ができることを聞いて、すぐに連絡しました。

この製品は今までのやつと違って、まず、ガムとしてちゃんとしてるんです。もうほんと、普通のガム。コンビニで売ってるような、ごくごく、普通の、ガムの味がするんです。これは大きいですよね。だって今までのこの手の商品って、味がなんていうか、変だったですから。それを食べ続けるのは無理だって話で。なんて言うんですかね、苦い、嫌な感じが喉に残るような感じがするんですよ。ピリピリと。なんか急に花粉症の季節にでもなったかというような。喉に違和感があったんです。少なくともゲットはそんな印象がありましたね。あれって喉の粘膜からニコチンを摂取してるからそうなるんですってね。禁煙ガムと言いながら結局ニコチンをとってるんじゃあ、同じことだと。ゲットは内心こんなのインチキだと思っていましたね。ところがこのヤメルガムなんですが、ニコチンフリーなんですよね。驚いたことに。だから変な味も、ピリピリも、無しです。

ガムなんだったら、まず味を何とかしろってゲットは思っていたところに、このヤメルガムと出会ったわけです。感動しましたね。僕は普段そんなにガムを噛まないんですが、このヤメルガムを始めてからは、結構ガムを噛むようになりました。つまり、普通のガムも、ですね。次にこの手の商品で問題になるのが、そのお値段、なんですよね。禁煙ガムって結構お高いんですよ。ご存知の方はご存知かと思いますが、ほんと、煙草を買うのと同じくらいの値付けがされていたりするんです。なかなかきついですよね。もちろん健康面で禁煙する、という方がほとんどかと思いますが、ゲットのように金欠が主たる原因の禁煙希望者もいらっしゃると思うんです。そういう人にとって、禁煙ガムのお値段というのは非常に重要でして。煙草と同じ値段を毎日ガムに払っていたら、だんだん、僕って何のためにこのガム買うんだろう、ってそんな気にならなくもないんです。もちろん健康のためでもあるんですけどね。ところがこのヤメルガム、幾らだと思います？　もちろん、普通のガムに比べたら高いですよ。でも、今までの禁煙ガムと比べたら、雲泥の差なんです。

後ほどキャンペーン用のメールアドレスと電話番号をお伝えしますが、本当に、信じられないほど安いです。これが、なんでこの価格を実現できたかと言うと、冒頭で申し上げました、天然由来成分しか使っていないからなんですね。三つ星製薬さんが独自に開発されて特許申請中の製法で、なんと、ですよ、なんと、素材があのネギなんですね。皆様の食卓に必ずと言っていいほど並んでいるあの、ネギが主成分なんです。え？　ネギだったら、独特の風味とか、味とかするんじゃないの？　とか、なんでネギが煙草の代わりになるの？　とか、当然リスナーの皆様から疑問の声が殺到しそうですが、詳しくは後ほどお伝えします特設サイトをご覧になって頂ければと思います。いや、今日のご紹介、ゲット、生涯で最高に、興奮しているかも知れません。こんなに画期的な商品を紹介できる、というのは本当に、ラジオパーソナリティ冥利に尽きますね。しかも噛まずに最後まで紹介できました。現在禁煙をお考えの皆様、これは、本当に、朗報です」

「ふーん。試してみたら？」恵が淳也に言った。

「もう噛んでるよ」淳也が胸ポケットを指さした。

「そうなんだ。流石。それで？　効果はどう？」

「どうだろうね。結局は本人の意志の問題なんじゃないか？」

「味は？」

「二度と食いたくないほど不味いね」

「何それ。だったらやめたら」恵は笑った。

「どっちを？」淳也は苦笑いした。

空は更に雨雲に覆われ始めた。

「ところでこの番組何時までだっけ」恵がスマホで調べる。淳也はモニターの時計に目をやる。午前十時半だった。

「あと三十分しかないのに、話終わるのかな」恵が言った。

「さあ。でも全部話し切る必要もないだろう？　あくまでも紹介なんだから。さっき君も買ったわけだし」

「そうなんだけど、気にならない？」

「何が？」

「ガマガエルと先生がこの先どうなるか、よ」

「その二人は別にどうにもならんだろう。なるとしても湊杏菜と、先生じゃないのか？」

「違うわよ。湊杏菜と先生は別にどうにもならないわ。そういう話じゃないのよこれは」

「へぇそういうもんか。だとしたら全く興味がないな」淳也はハンドルを切って車線を変えた。

羽田空港への標識が過ぎ去る。

天井からの自動音声。「急な車線変更は危険です。後方を確認し、十分な余裕を持って、車線変更をしてください」

ラジオではゲットが引き続き商品の宣伝をしている。青山優花の声は無い。

ゲットの説明を聞きながら恵が言った。

「宣伝したい商品を声だけで、さもいい商品です、って説明するの上手よね。流石プロだわ」

「多分録音だなこれは」

「え？　そうなの？　なんで？」

「ネギをスルーしたろ。最初に女優が言ってた」

「あー、あのへし折るやつ。確かにノータッチだった」

「あれ流してる間に煙草吸いに行ってたんじゃないか」淳也は笑った。

「ほんとひねくれ者ね」恵も笑った。

淳也は黙ったまま前方のトラックを追い抜く機会を窺っている。

「はい、お待たせしました。それでは先ほどのお話の続きを、と思いますが優花さん、何ぶんもう尺、いや、時間がありませんので、できれば手短にお願いできればと思います」

「承知しました。それでは大事なところだけかいつまんで、と言いますか、このご本のお話ばかりしてしまっていますけど大丈夫でしょうか?」

「番組的には微妙なところですが、ゲット的にはＯＫなので大丈夫です。ではお願いします」

「分かりました。ありがとうございます。それで、先生のご本が出て、ガマガエルさんがそれを読んで、というところからになります」

「先生が書いた本が出たんですね。物語の中で」

「そう。それが出るまでにも色々ありはしたのですが、とにかく本が出て、ガマガエルに渡したの。読んでくれないかって」

「なるほど。それによってガマガエルがどういう反応を示すか、ですね」

「もうお時間があまりありませんから結論を先に言いますね。ガマガエルはすぐにその本を読んで次の日には先生に感想を言ったの。その感想というのが、浅いですね、だったの」

「浅い？　それって地味にディスってるってことですか？」

「ええ、ディスるも何も、もう、全否定のようなものね。先生はカンカンになっちゃって」

「そりゃそうでしょう、そんなガマガエル風情に先生の偉大な作品の何が分かるんだって話ですよね」

「でもね、嘲笑うように先生を見下すガマガエル、つまり、根拠の無い自信に満ちたガマガエルの隣には、同じように薄笑いを浮かべている杏菜ちゃんがいたんですって」

「はあ」

「先生、それを見て、黙ったわ。そこで何か途方もない思い違いをしていたんじゃないかって、気付いたの」

「思い違いですか」

「ええ、先生はほら、さっきも言ったように」

恵が慌てて言った。「保土ケ谷、左じゃない？」

「ああ」淳也は即座に自動運転を切り、後方確認ののちに指示器を出し、ハンドルを左に切った。「ありがとう」彼は小さくそう言った。

天井の自動音声が「急な……」と言いかけたところで恵が「うるさい」と言ってボタンを押

して黙らせた。

「まあ別に多少遅れてもどうってことないけどね」恵が言った。

「いや、遅れるのは良くない。時間通りが基本だ」淳也が言った。

「真面目よね。そういうところ、尊敬する」

恵はそう言って淳也を見た。

淳也は黙ったまま運転している。ラジオからは番組終了の音楽が流れている。

「はい、というわけで、お時間となってしまいました」

ゲットが言った。

「ほんと、すいません、私の拙い説明で、しかも最後までご説明できなくて」

「いえいえ、逆にその方がリスナーの皆様もご興味を持たれると思いますし、優花さんのご説明は大変分かりやすくて、ゲットでも理解できましたので何も問題無いと思いますよ。お気になさらずに」

「そう言って頂けると幸いです」

「それではこの後は、まだ噂段階ですが今年の白紅歌合戦の大トリを務める、かもしれないあの人の番組、そう、元木幸太郎さんの『日曜の昼寝、その前に』です。それでは皆さん、さようなら。また来週のこの時間にお会いしましょう」

ラジオからはコマーシャルが流れ始めて、淳也はチャンネルを変えた。何度か止めては変え、止めては変えを繰り返していたが恵は黙っていた。

そして元のチャンネルに戻したところで、

「正直、自分も気になってて」

と既に始まっていた番組のパーソナリティの低くスピーカーを微振動させるような声。

「いや、スタッフさんちょっとだけいいですか? あ、リスナーの皆さんも、ちょっと聞いて貰いたいんですけど、今の自分の心境というか、何というか。あの、僕あんまり他の番組聴かないんですけど、たまたまさっきのゲットさんの番組聴いてて、思ったことがあって、ちょうどいいかなとか思って、ちょっと乗っからせて貰いたくて」

少し間を空けて、

「僕もたまたま双山孝先生のその本、読んだんですよね。タイトルに惹かれて。で、さっき女優の青山優花さんがそのお話をしてて、ああ、なるほどって思ったことがあって」

恵は言った。「私この人の声好き」

「顔は?」淳也が言った。

「顔は別に」恵が言った。

ラジオの元木が言った。

「いや、僕ね、本結構読むんですよ。こう見えても一応文学部出てるんで。大学」

「あそうなんだ。意外」恵が言った。

「でまぁ双山先生ってほら、あんまり直接的に物を言わないというか、遠回りって言ったらアレですけど、なんかこう、すんなり分かりづらい言い回しをするじゃないですか。それで、やっぱこう、女性に対する物の見方とかも先生的には結局二つあって、えっとヒキガエル、じゃなくて、ガマガエル。そのガマガエルの女性観と、先生の女性観が衝突するって話だと思うんですけど、結局先生、自分の女性観は間違ってるって、完璧じゃないって最初から分かってたんじゃないかなって、そう思ったんですよね。ちょっと読んでない人には何言ってんだこいつって感じでしょうけど。まぁそもそも最近の人ってあんまり本読まないですよね。この番組のリスナーの年齢層を考えると、一概にそうとも言えない気がしますが。若干。まぁでも、一日の時間の使い方の優先度的な部分ではどうでしょう。やっぱりスマホとかネット？　とかで、本を読む時間ってどんどん少なくなってるんじゃないかなって思いますね。でも映画とかアニメとかは見るじゃないですか。広告とかも、すごいですもんね。ああいうのの原作って小説だったりしますけど、やっぱり小説の方が情報量多いから、僕なんかは先に原作読む派なんですよね。ほら、料理とかも、どうやって作るのか分かってた方がより美味しく感じるとかありません？　なんか向こうでディレクターが首を傾げてますけど。

じゃあとりあえず今日の曲行きますか」

ラジオから曲が流れている。さっきまで喋っていた本人によるアップテンポでポップな歌だった。

「変えないでね」恵が先手を打った。

「話が見えないけど」淳也は言った。

「うん。私も分からないけど、話題、変わるでしょそのうち」恵は鼻で笑った。

曲が終わってラジオの元木が言った。

「そう言えば全然話変わっちゃうんですけど、この間、占い師の人に手相見て貰ったんですよ。ほんと、たまたま。僕占いとか全く興味無いし信じないんですけど、ちょっと知り合いの紹介でどうしてもその人に見て貰って欲しいって話になって。仕方なく。全然気が進まなかったですけど。

それで、手相見て貰って。何とか線がどうとか、珍しい線がどうとか、何人に一人がどうとか。ごちゃごちゃ言われてよく分からなかったんですけど、もういいですとも言えず、なんか色々、お世辞というか、ご機嫌取りというか、良いことばかり並べられて。で、最後に、ほんと、最後の最後にこう言われたんです。子供が三人以上生まれるでしょうって。え？どこからそういう話になったの？　って思った時にはもう占いの説明終わってて。すいません、聞いてませんでしたとか言えないし、いつ結婚したんだって話だし。ちゃんと聞いとけば良かった。ほんと。

しかし、いきなり子供が、ですよ。三人以上って。今から？　誰と？　急に？　とか。ちょっとぶっ飛んでましたね。結構有名な占い師の方らしいんですけど。お名前はちょっと言えませんけど。あ、っていうか、忘れました。本当に興味無いんで。でも具体的に三人以上って言われると、なんか気になりますよね。いや、それ以上のことは何も言われなかったんですよ。三人が男か、女か、とか。しかも、以上、ですからね。四人かもしれないわけで。どうかと思いますよね。結婚の予定も無いのに。いきなり子供が、とか言われても。じゃあまたＣＭ行きます」

「何それウケる」恵は笑った。「うちは二人は欲しいなあ」

「そうだな」

「全然いけるよね」

「ああ、問題ないと思うよ」

「あなたのこと、言ってるんだけど」恵は淳也を見た。

「なるようになるさ」

車は三浦方面の標識に従って直進する。空はやや曇っていた。

恵のスマホが鳴った。「あ、お母さんだ」恵は電話に出た。「今向かってるところ。どうした？　え？　別に。体は何とも。ううん。平気。今日意外とあったかいし。あ、別にそういうのいらないから。本当。全然気にしない人だし。逆に嫌がるかも。大丈夫だって。うん。一応お座敷って言ってあるけど。ああ！　そうか。じゃあカウンターの方がいい？　分かった。電話してみる。じゃあね」

恵は一旦電話を切り「そっかそっか忘れてた」と言いながら再び電話をかける。「あのすいません、今日予約した者ですけど。はい。十二時からの。ええ。お座敷で予約してたんですけど、カウンターに変更できます？　ちょっと足が悪い者がいまして。はい。掘りごたつじゃないですよね？　ええ、ちょっと正座とかあぐらができないもので。あ、そうですか、じゃあお願いします。はい。並びで。あ、はい。そうです。一名だけお好みで。はい、では後ほど。ありがとうございます」

恵は電話を切って、ふぅと一息ついた。

「お父さん、椅子じゃないと座れないの忘れてた。正座もあぐらもできないの。膝が悪くて」

「俺もだよ」淳也は前を走る軽トラックを追い抜くべく車線を変更した。

天井の自動音声が「只今の車線変更操作は自動運転でも可能です。次回のご利用をご検討ください」。

「え？　あなたってそうだっけ？」恵が言った。

「そうだよ」

「私そういうのすぐ忘れちゃうんだよね」

「誰だって覚えられないことはあるよ。俺の場合は、名前とか、年齢とか、血液型とか。興味が無い人のは特にね」

そしてラジオでは。

「で、僕がその、閉店後になっても寝ていた女性をおぶって帰った話をしたじゃないですか。大昔に。それを受けて先生の小説があって、こう、自分の中で何かが繋がったと言うか、合点がいったというか」

「まだ話してるね」恵は笑った。

「流石に先生も迷惑なんじゃないか？」

「どうだろうね」

ラジオの元木が言った。

「結局僕ら男って、女子のことをどうにかしたいじゃないですか。どんだけ綺麗事言っても」

「そうなの？」恵は淳也を見た。

「今更うぶになるなよ」淳也は言った。

元木が言った。

「だからガマガエルも先生も同じ男としてその可愛い娘を見ていたんじゃないかって、僕は思ってて。でもさっきの話を聞いて、それは違ったのか、って。もう一回読み直そうって思いましたね。ほら、本って、ちゃんと内容をこうやってみんなで考えるとかってないじゃないですか。ネタバレになるっていうか。読書感想文の宿題くらいでしょ。そういうの」

「あー、あれ苦手だったなぁ」恵はスマホを見ている。

「俺は得意だったよ」淳也が言った。

前方には「三浦縦貫道路」の標識。

「え、うそ。あれが得意なんて変わってる」

「別に。普通だぜ」

「っていうか見て。縦貫道路って変な名前」恵が首を傾げた。

「そうか?」淳也も首を傾げて、シートから少し腰を浮かせて座り直した。

「ごめん、そうでもないか」

「うん、そうでもないね」淳也は少し頬を緩めた。

ラジオでは。

「思わぬところで自分の間違いに気付いた、今日この頃でした。というわけでリスナーさんからのメール、お待ちしています。今何してるか、今日何するか、何でもオッケーです」

「メールしよっか」恵が思いついたようにスマホを操作する。

「なんて？　まあどうせ読まれないと思うけど」

「内緒。読まれてからのお楽しみ」恵は素早い手つきでスマホを操作し続ける。

「君、器用に文字を打つよな」

恵は黙々と操作を続けている。

「そういえばこの前仕事の合間に喫茶店でお茶飲んでたら目の前のカップルがスマホで会話してたんだ」淳也が言った。

「それぞれ別の人と会話してたんじゃないの？」

「いや、ちゃんと会話が成立してた。横目で見たから間違いない」

「そんなジロジロ見てよくバレなかったね」

「まぁ、それは良いとして、それがどんな会話だったと思う？」

「知らないけど。別れ話とか？」

「俺も最初そうかなと思ったんだが、その逆で、これから男が口説きにかかろうというような内容だった」

「へぇ。そういう時代なのかしらね」

「直接の会話じゃなくて文字だと、すごい頻度で『愛してる』とかが飛び交うらしい」

「やだ恥ずかしい。まだ付き合ってもないのによく言えるわ。私無理」

「どうなったんだろうあの二人。最後まで見届けてはいないけど」

文字を入力し終わった恵が言った。

「よし、送信っと」そして彼女はスマホをバッグにしまった。

車線が減り、淳也は窮屈な道路を一定のスピードで走らせていた。

「さっきお義母さん、なんて?」淳也が言った。

「え？　ああ、うん、お祝いどうしようかって」

「なんの?」

「私の出産のに決まってるでしょう」

「ああ。まあ無事に生まれてからでいいよ」

「私もそう思ったから、そう言っといた」

ラジオでは元木が番組を続けていた。

「えー。じゃあラジオネーム、クリオネ工場さんから。今主人と一緒に県境の温泉に向かっています。久しぶりの快適なドライブです。天気もいいしサイコー。私は元木さんの大ファンです。アルバムは全部持ってます。質問です。さっきの占いの話にもありましたが、ご結婚される予定はありますか？　あと、子供は欲しいタイプですか？」

「これ、君か？」

「いいや。違う人」

「妊娠中はくじ運が上がるとか聞いたことあるけど。そのうち読まれるかもな」

「かもね」

再びラジオの元木。

「ええ。そうですね。小生は結婚願望はありますよ。もういい歳ですけど。まぁ、月並みな表現になりますけど、相手がね。相手によるかなぁ。普通の回答しかできなくてすいません。でも、来年突然電撃結婚とか、あり得ますね。それも相手次第って感じです。相手は、そうだな、元気で、明るくて、笑顔が素敵な人がいいですね。番組でも何度か言ってますけど、僕は料理が好きなんで、それを美味しい、って食べてくれる人。まあそんなところでしょうかね。子供は、欲しいですよ。まあ天からの授かり物って言いますから、あんまり求めちゃいけないんでしょうけどね。僕の知り合いなんかでも、結婚して、なかなかお子さんができなくて、何年目かな。結構経ってからできたって聞いたことあるんで。まぁ、仲が良いことがね。何よりだと思いますが。

ただ、三人以上、ってなると、どうですかね。まあ賑やかそうで良いですけど。あとその中から一人くらいサッカー選手になってくれたら最高ですね。これも何度か言ってますが僕高校、大学とサッカーやってたんで。

というわけでクリオネ工場さんには番組ステッカーをプレゼントしたいと思います。ひとまずここでCMです」

「いいなぁ」恵が羨ましそうに言った。

「ステッカーがか?」

「それもあるし、元木さんが語りかけてくれてるってことが」

淳也は料金所の標識を見て自動運転を停止し、減速した。

ラジオの元木の声。

「女性観、ねぇ。まぁさっきの話じゃないですけど、男子ってのはバカで不器用な生き物なので。ラジオで語る僕の見解なんか、全然当てにならない気はしますけど。まぁ、間違ってるのは分かってるんだけど、それに従わざるを得ない悲しい性なんでしょうかね。この点に関しては先生も苦労されたんじゃないかと思います」

「あなたは?」恵は淳也の方を見た。

「何が?」

「あなたの女性観」

「なんだそれ」

「無いの？」

「別に。無いこともないけど」

「そう」

「寂しい女ほど、すぐ男と寝る気はする」

「何それ。ただの偏見じゃない？」

天井の自動音声が言った。「この先、料金所です。十分に減速し、料金の支払いをしてください」

予告どおりに現れた料金所の手前で減速し、淳也は窓を開けた。

「三百円です。現金のみになります」係の男が言った。

「え？　現金のみ？」淳也は聞き返した。

すぐに恵がポケットから小銭入れを取り出して「待って。私あるかも」と言った。

「無かったらまずいな」淳也は小銭入れを漁る恵を見守る。

「三百円、三百円、ある、あるよ。あったあった」

「でかした。こんなに価値ある三百円は見たことない」淳也は係の男に小銭を手渡した。

「もっと褒めてよ」恵はジタバタしながら淳也に言った。

淳也はレシートを受け取り車を進め、その先の赤信号で停車した。

「寂しい女ねぇ。分からんでもない、か。じゃあ私は？」

「『私』はややこしい女」

「ややこしいか。まぁ、それも分からんでもない」

車は右折し、しばらく直進し、赤信号で止まる。

「先生とガマガエルだったらどっち派？」恵が言った。

信号が青に変わり、淳也はゆっくりとアクセルを踏み込んだ。

「そこまで考えたことなんて無かったけど、つまり、考えない方が幸せだったんじゃないかと思う」

「どういうこと？」

「元々はアホだったんだろう？　例のアダムとイブは」

「アホって言い方はどうかと思うけど。知恵のリンゴを食べるまでは全裸でも恥ずかしくなかったとか」

「でも知恵を身に付けてそれが変わった」

「そう言われてるわね」

「さっきのラジオで先生の女性観ってやつを聞いたからにはもう、戻れないと思うんだ」

「大袈裟ね」

「じゃあ君はセックスが好きか？」

恵は驚いた顔で窓の方に顔を背けた。

「別に、好きでも嫌いでもないけど」

「本当に気持ち良いと思っていたのか？」

どんより曇った空からポツポツと小雨が降り始めた。この時点ではワイパーはまだ反応しない。

「そりゃそうでしょ」

「じゃあもしそれ無しに、子供だけ身籠ることができたら良かったたって思うか？」

「どうしたのよ。そんな話だっけ？」

雨が勢いを増してワイパーが思い出したように高速な動作で仕事を始めた。

「そういう話だよ。ラジオの向こうは道楽か何かのつもりかも知れないが、聞いてるこっちには良い迷惑だ。もし女がそれを求めてないなんてのが本当だとしたら」

「先生が『女はセックスが嫌い』って言ったこと？」

淳也は黙ったまま曲がりくねった道を慎重に運転している。

「そんなにショックなこと？　誰でも知ってると思ってたけど」

「知っていたら誰が」

淳也はそこまで言って口を閉ざした。

恵もそれ以上は追求しなかった。


漁港に停泊した古びた漁船の姿は霧雨に隠れてまるで絵のように佇んでいた。淳也はゆっくりと港に沿って迂回して誰も停めていない広い駐車場に車を停めた。

淳也は後部座席の下に埋もれたビニール傘を取り出して広げた。その傘がすぐに透明でなくなるほど雨は強く降っていた。

「今そっちに行くから待って」淳也はそう言ってドアを閉めた。

助手席の方に回った淳也は自分の傘を差し出して待っていたが一向にドアが開かないので自分で開けた。

中の恵は動かない。

「どうしたんだ？　もうあっちは店に着いてるんだろう？」

「行きたくない」

「なんで」

「なんか、嫌」恵は自分の膨れた腹をさすってそう言った。

淳也はため息をついた。「じゃあ帰るか？　別に良いんだぞ俺は。お母さんには急に調子が悪くなったとでも言っておくか？」

「それは嫌だ。心配されても困るし」

「じゃあ立って。ほら」

淳也が差し出した手を恵は掴んで自分の腹に置いた。「撫でて」

淳也は言われたままゆっくりとさすった。

「ストレスは良くないの。だから」恵の声は低く、こもっている。

雨が車内を徐々に濡らした。恵はゆっくりと立ち上がって「行こうか」と言った。


昼間なのに辺りは薄暗い。漁港から少し離れた交差点に「桜寿司」という看板があり、戸を開けるとカウンターの奥で老夫婦が日本酒を飲んでいた。彼らの背後の座敷には他の客が二組いた。

「駐車場に着いたって言ってから遅いから心配したじゃない」老母が言った。

「ごめんごめん、雨だから慎重に歩いてたから」恵はそう言って老母の隣に座った。淳也は傘を畳んで入り口の壺に入れてから恵の隣に座った。

「そうなの。気を付けないとダメよ。先にやらせて貰ってたわ」老母が言った。「淳也さんも、ご無沙汰しております。お元気でしたか?」

「ええ、お義母さんもお元気そうで。お義父さんも」

「あ? どちら様でしたかな?」しわがれた声で老父が言った。

「もう、お父さん、こういう時は普通にしてて良いのよ」老母が老父の肩に手をやった。「ごめんなさいね、最近わざとボケたふりをするの。ふざけて」

「相変わらずね。淳也さんはそういう冗談が通じないから、勘弁してあげて」恵はそう言いながらおしぼりの袋を開けた。

「遠かったでしょう。どれくらいかかった?」老母が言った。

「うーん、一時間半くらい?」恵は淳也に言った。

淳也は「すぐですよ。自動運転ですから」。

「まあ。お父さん聞いた? この子達の車、自動運転ですって」

「自動運転? そんなの事故ってすぐ死ぬだろう」

「もうお父さん縁起の悪いこと言わないで」恵が父に向かって言った。

「そんなことよりお前、いつ生まれるんだ孫は」父が恵の腹を指さして言った。

「再来月。順調に行けば」恵が言った。そして飲み物の注文を取りに来た店員の若い娘に「あ、お茶でいいです。二人とも」と言った。

既にいた客が会計をしている間に別の客が入ってくる。入口の引き戸が開く度に外の雨音が漏れ聞こえた。

しばらくして十貫程度の寿司がまとまって淳也の席に運ばれてきた。恵は壁にかかった札を指さし悩んでいる。

「お母さんマグロは別で頼んだの？」恵が隣の母の皿を見て言った。

「お母さん最近マグロ食べないようにしてるの」母は言った。

「え？　どうして？　じゃあ今日ここじゃなくても良かったんじゃない？」

「ううん。このお店はね、お父さんと初めて来たお店だから、別にマグロとか関係ないのよ」

「え？　そうなの？　初デートってこと？」

「そうそう。あの頃はお父さん貧乏だったから、本当に無理して私をこのお店に連れて来てくれたのよ」

「寝るためだ。そうじゃなきゃ誰が」父が声を荒げた。

母が父の膝を叩いた。「ちょっとあなたは黙ってて」

「そうなんだ。でもマグロは？　なんで食べないの？」恵は目の前に差し出された玉子二貫を写真に収めた。

「お医者さんから止められてるのよ」

「ふーん。お魚だったら良いと思うんだけど」

「あんなヤブ医者の言うことなんか聞く必要ないぞ。食べろ俺の大トロ。美味いぞ」父が聞き取れないほどの早口で言った。

「お父さんもう結構飲んでる?」恵が母に小声で言った。

「まだ全然。でもあなたが来て嬉しいのよ。朝から落ち着かなくてうろうろ、うろうろして大変だったんだから」

「それは違うぞ。他に楽しみが無いからだ。仕事も引退して母さんと二人、毎日同じような話ばかりして、もう楽しみと言ったら孫の顔を見るくらいのもんだ」

「お母さんも楽しみにしてるのよ。子育てはいくらでも手伝うから、すぐ行くから呼んでね」

「あ、うん。まぁ、その時はね」恵は淳也の方を見た。淳也は黙々と寿司を食っている。

「淳也さん、自動運転だったら、お酒は飲めるの? お注ぎしましょうか?」母が淳也の手元を覗き見て言った。

「あ、無理です。技術が許しても法が許してくれません」淳也は笑った。

「そうなの。不便ね」

「ええ。全く」淳也は最後の一貫を食べ終わって茶を飲んだ。

「ちょっと。早食い大会じゃないんだから」恵が小声で言った。

「腹が減ってたんだ。追加で注文するから大丈夫」淳也は壁に書かれたメニューを物色し始めた。

「しっかり働いて、よく食って、立派な旦那じゃないか」父が言った。

「本当よねぇ。恵には勿体ないくらいよ」母が笑った。

恵は黙って頷いていたが、「お母さん、その、初めてこのお店に来た頃って、どんな話してたの？　お父さんと」と言った。

「何だったかしらね。他愛もない話よ。映画俳優の誰がどうとか、職場に嫌な上司がいるとか」

「男はぺちゃくちゃおしゃべりなんてしないんだ」父は言った。

「あら、お父さんはとてもよく喋る人で、だからお母さん、この人面白いって思ったのよ」

「男は黙って、仕事して、セックスして、屁をこいて寝れば良いんだよ」

「お父さん」母が慌てて父の口を塞ごうとしたが遅かった。

「お前の旦那もそう思ってる。男は誰でもそうなんだ」父が淳也の方に言った。「なあそうだろう」

淳也は注文を終えて、「あ、すいません、聞いてませんでした」。

「セックスだよ、セックス」

板前が一瞬寿司を握るのをやめて顔をしかめる。母と恵は背後の座敷にいる客にそっと頭を下げる。

「あー、その件ですかお父さん」淳也は言った。

恵は慌てて「ちょっと、拾わなくて良いから」と言ったが淳也は続けた。

「ところがお父さん、女性の方はと言うと、そのセックスとやらがしたくないらしいですよ」

その瞬間、店内に静寂が訪れた。まるで学校の先生を本気で怒らせた後の沈黙のように、誰もが淳也の次の言葉を待っている。

「だがあんた、子供が産まれなくなったら、その、この世は終わるだろうから、流石にそんなことは無いだろう。自然の法則が許さんだろう」

「実際、減ってますし。子供」淳也はイクラの軍艦巻きを口に放り込んだ。

「はいはい、この話はその辺でね。ほらお母さん、昔の話してよ。さっきの続き」恵が母に言った。だが母の表情は硬い。

「お前、どうなんだ?」父が母に言った。

「どうって、何がよ」

「恵の旦那さんが言ってることは、どうなんだ」

「どうもこうもないわよ」

「嫌だったのか?」

「どうでも良いわよ」

「良くないだろう。どうなんだ。恵、お前はどうなんだ」

「ちょっとやめてよ。もう良いじゃないの」

「なんでお前ら、そんなに歯切れが悪い? すっと答えられないのか」

「嫌いだからですよ。お父さん」淳也は言った。「僕らはずっと、勘違いをしていたんです」

「勘違い?」

「女は嘘をつく生き物だって知っているのに、そこだけは信じてやまなかったのは、信じたいからだと思います」

「何のためにそんな嘘をつく必要があるんだ」

「全部丸く収めるためですよ」淳也は立ち上がって父の席まで歩き、父の酒を注ぎ足した。

「ああ、これはどうも」父は少し頭を下げた。

「デザートあるのかしら」母が言った。恵は店員を呼び止めてそれを聞いた。

「あるみたいよ。ナタデココ入りのあんみつか、コーヒーゼリーだって」

「じゃあお母さんあんみつにしようかな」

「僕はコーヒーゼリーで」

「私もあんみつで。お父さんは？」

「わしはいらん」父は俯いている。

「お父さん折角この子達が来てくれたんだから、もっとほら」

父はじっと黙ったまま動かず、俯いている。

「うう。なんだかちょっと気分が悪い」彼は小声でそう言った。

「どうしたのお父さん。飲みすぎたの？」母が父の背中をさする。

「ああ、ちょっと外に出たいな」

「もうすぐ食べ終わりますから」母が恵と淳也を見て言った。

「そうだ、彼の車を見せて貰おう。前から見たいと思ってたんだ」父が急に元気になってそう言った。

「良いですよ。近くに停めてますから。あとで一緒に行きましょう」淳也が言った。

「お母さん達は駅からタクシーで来たの？」恵が言った。

「そう。帰りは歩こうと思ったんだけどこの雨じゃ大変かしら」母が言った。

「駅まで乗せて行ってあげるわ」

「わざわざ遠回りしてくれなくてもいいのよ。自分達でタクシー拾うし」

「お父さんも具合悪そうだし」

「そうね、じゃあ、悪いけどそうしてくれる?」

恵が会計を済ませて、四人は店を出た。

雨は小降りになっていた。


「これがそうか」すっかり元気になった父は赤い流線形のボディにそっと触れる。

「あまりペタペタ触ると淳也さん怒るよ」恵が笑って言った。

「構いません。洗えば済むことなので」淳也は父を助手席の方に案内した。「どうぞ」

「なんだ、運転させてくれよ」

「ダメよお父さん、お酒飲んだでしょうが」母が父を諫める。

「そうよ。この近くの交差点に警察の人いたでしょう」恵が通りの向こうを指さして言った。

「あれはただのバイトだ。大丈夫。誰も見ていないだろう」父は運転席の横に立ったまま動こうとしない。

「席に座るだけなら」淳也がドアを開けると父は嬉しそうにシートに座った。すると自動的に主電源が入り、起動音が鳴った。

天井から自動音声。「新しいドライバーが認識されました。登録しますか?」

淳也は言った。「はい。名前は菅野浩、年齢六十五歳、血液型ＡＢ」

「登録しました」と天井からの声。

「血液型なんて教えたっけ?」恵が言った。

「合ってた?」淳也が笑った。「占い師になれるかもな」

再び天井からの自動音声。「新しいソフトウェアがあります。バージョンアップしますか?」

「はい」淳也は言った。

ハンドルを握った浩は子供のように車内を落ち着かない様子で見回している。

「まるで宇宙船だな」浩は言った。

「大袈裟よ。最近の車はこうなんじゃないの?」恵が言った。

「馬鹿言え。俺の時代にはこんなでっかい画面は無かったし、こいつにはシフトレバーもサイドブレーキも無いじゃないか。逆に落ち着かない。エアコンのスイッチはどこなんだ?」

「全部自動です」淳也が言った。

天井の声が言った。「バージョンアップが完了しました。自動運転レベルが上がりました。安全を確認できる状態での手放し運転が可能です。ただし国土交通省の指導により……」

自動音声は続いていたが淳也がそれを遮り、「今度また機会があれば運転してみてください」と言って外に出て浩の側のドアを開けた。浩はしぶしぶ出て後部座席に座った。入れ替わりで恵が助手席に座った。

天井の声が言った。「ようこそ淳也さん。目的地をセットしてください」

淳也はディスプレイに映った地図を操作した。「目的地がセットされました」と自動運転の声。

淳也は言った。「じゃあ、行きますね」

彼はハンドルの「Auto Pilot」のボタンを押し込み、それと同時にラジオが誰かのリクエスト曲を流していた。

「あら」後部座席に座った母が口を押さえた。「お父さん、この曲」

浩は自分の妻の膝の上に頭を乗せて寝ていた。

助手席の恵がしたり顔で振り返って母を見る。

「偶然ね。カラーズのリフレインって歌。お父さんと昔、よく聴いたわ」

「なーんにも無い田舎で。ここに来るのにも三十分くらいかかる田舎で。本当に、何にも無かった。お勤めだから仕方ないんだけど」

「お父さんって工場で何作ってたんだっけ？　自動車の部品っていうのは聞いたことがあるんだけど。どういう部品？」

「大手の下請けで、ブレーキだか、ハンドルだか、そういう細かい部品を作ってたの。こんな雑な説明だと怒られそうだけど」

母は父を見たが父はいびきをかいて眠っていた。

「その会社の部品、この車にも使われてるかな」恵が淳也に言った。

「かもしれないな」淳也は言った。

「お母さんは社員食堂で働いてたんだよね」恵が言った。

「そう。当時のお父さんはね、いつもご飯大盛りで、大抵おかわりするの」

「今じゃ考えられないね」恵が笑った。

「今じゃ考えられないと言えば、会社の雰囲気がものすごい体育会系で、すごかったわ。女性社員なんてほとんどいなくて。いても事務員さんとかだけで。

あんたはいい時代に生まれたわ。女が男の人と同じ職場で同じ給料貰えるなんてお母さんの時代じゃ考えられなかったもの」

「今でも別に全く同じってわけじゃないけどね」恵が言った。

「それでも全然ましよ」

「ねぇ、もっと教えて、その頃のこと」恵が勢いよく振り返って母に言った。

「そうねぇ。これは聞いた話なんだけどね。お父さん頑固だからいつも上司とぶつかってて。ある時、メーカーからそれはもう、無茶なレベルの部品を作れって依頼が来たの。当時の技術では到底作れない軽さの部品で。それを上司から頭ごなしに作れって言われてお父さんすぐに無理だって言ったのよ。でも上司の命令は絶対だ、って上司も一歩も引かないの。お父さんはお父さんで、無理なものは無理だの一点張り。現場はこう着状態で、周りの社員さん達も困っちゃって」

「え？　それでどうなったの？」恵が言った。

「ある日、メーカーから連絡が来て、仕様が間違ってたらしいの。なんだ、それならすぐに作れるから待ってろってお父さん張り切って作ったの。上司の人はお父さんに謝ったわ。でもお父さんはそんなの気にせずに、徹夜でそれを作ったの。折角だからできる限りの軽量化をしたって。強度も水準をクリアしたって、メーカーの人が見たら驚いて。最初に間違って出した仕様とほとんど変わらない軽さになってたの。その噂が広まって大手から注文が殺到したのよ」

「へぇ。すごいねお父さん。上司が謝ってるのをスルーするのが憎いね」恵が言った。

「でもね。いつもお父さん愚痴ってた。お父さんは技術者としては優秀なんだけど、他の後から来た人達よりもお給料が良くなかったの。自分の方がよっぽど会社に貢献しているのに、やってられない、って」

「なんで？　原因は？」恵が言った。

「後から入って来た人達って、みんな大卒だったの。お父さんは高卒じゃない？　だからそこで差が出たの。大学を出てるか、出てないかで、明らかな差がついたの。別に変な話じゃないわよね。でもお父さんはプロの仕事をしてるって、自分は人一倍やることをやってるって自覚があったから、余計にやりきれなかったのよね」

「その頃からあったんだね。学歴で待遇が変わることって」恵が言った。

「そうよ。だからお父さん、必死で働いてあなたを大学に入れてやろうって頑張ったの」

「お陰様で」恵は頭を下げた。「でも食いしん坊だった割に、面影ないよね」

「今はこうだけど、若い頃は結構太ってたのよ」

彼女はいびきをかきながら眠る夫の細い肩に手を置く。

「そんなに太ってるの、写真でも見たことないかも」恵が言った。

「お母さんが食堂で働いていた頃からよく食べるのは知ってたけど、結婚してからは更によく食べたわ」

「お母さんの料理がうまかったからじゃない？」恵はそう言った。そして淳也の方をちらと見た。

「ご飯をね、五秒くらいで食べるの。お漬物だけで」

「いや五秒は大袈裟でしょ」

「お肉とかおかずに出したらね、二秒よ」

恵は笑った。「盛りすぎ」

「一度ね、結婚して間もない頃に、お母さん張り切りすぎてお給料全部使ってご馳走作っちゃったの」

「えー？　全部？」

「そう。ハンバーグ、天ぷら、海老フライ、お刺身、唐揚げ、お父さんが食べたいと言ったものを全部テーブルに並べたの。一度でいいから、全部食べてみたいって言うから」

「次の日からどうしたの」

「ご飯とお味噌汁だけの切り詰めた食生活になったわ」母は笑った。

「ひもじい」恵が言った。

「でも楽しかったわよ。幸せだった。別にご馳走なんてなくたって、良いのよそれはそれで」

「そうね。私達はまだその境地に辿り着いてないわ」恵が言った。

「そうだな」淳也が言った。

「結婚したときって、お父さんから？　アプローチしたのは」恵が言った。

「ああ、お父さんそういうの全然無い人だから。なんて言うか、自然な流れって言うか」

「え？　だって何か無ければ付き合わないでしょう？」

「細かいことはもう忘れたけど、別にプロポーズも何も無かったわ」

　膝の上で父がモゾモゾと動く。

「黙って俺について来い的な?」

「そうねぇ。そういうところもあったし、煮え切らないところもあったし、色々ね」

「へぇ」恵はちらと後部座席を見た。父は更に大きないびきをかいて寝ていた。

「淳也さんはお仕事は順調?」母が言った。「いつも遅いって恵が言ってるけど」

「ええ、まあ順調な方だと思います」淳也が言った。

「今度昇進するんだって」恵が振り返って言った。

「あらおめでとうございます。そしたら、急な転勤とか、無くなるのかしら?」

「どうでしょう。出産が近いから配慮はしてくれって思ってますけどね。まぁ会社の決めたことには従わなければならないので、なんとも」

　淳也は恵を見て言った。「でも気に入らなければ辞めてひもじい生活も悪くないかもですね」

「もう、すぐそういうこと言う」恵は淳也の膝を叩いた。

「もし困ったことがあったらいつでも言ってね」母が言った。

「ありがとう。頼りにしてる」恵はシート越しに母の手を握った。

　車はゆっくりと制限速度三十キロのまま動いている。淳也は腕を組んだまま外の景色とモニターの地図を見比べていた。

そしてラジオでは。

「さて、そろそろお別れの時間となりました。カラーズをリクエストをしてくれたのはラジオネーム、たまごちゃんさん」

「やっぱり」恵が言った。

「こんにちは。私は再来月に出産予定の妊婦です。今日は主人と一緒に実家の近くのお寿司屋さんに、両親と一緒に行く予定です。私は妊娠中なので穴子と玉子くらいしか食べれませんが。お寿司屋さんの玉子は大好物なので大丈夫です」

「お寿司ですか。良いですね」

元木が言った。

「初めての子供なので不安でいっぱいなのですが、私を産んでくれた母も、育ててくれた父も、本当に苦労して、偉かったんだなとつくづく思います。当たり前のように頼り切って、そこにいるものだと思って生きてきましたが、いざ自分が子を産むんだって思うと、とても、とても、大変で、不安で、毎日母に何かしら相談しています。でも母は優しいので自分もそうだったよ、と言ってくれます。父は無口で必要以上のことは何も言わない性格の人ですが、父は父で、文句も言わずに働いて、私を育ててくれたことに感謝しかありません。なので今日は母が好きなマグロの赤身と、父の好きな日本酒を、たらふくご馳走する予定です。長くなりましたが、何とか頑張って私も母親になろうと思います。

ちなみに一応言っとくと、うちの旦那さんは世界一のイケメンで、頭も良くて優しいひねくれ者です。わざわざこんなところで言うことでもないですが、彼を愛してます。なのでステッカーください」

「ということでした。いやー、そうですね、父や母というのは、自分が大人になるまでなかなかその有り難みというのは分からないもんですよね。小生も先日父を亡くしましたが、そこでようやく彼の偉大さ、というか、ああ、立派な人間だったんだな、って。気付かされましたね。

イケメンでひねくれ者の旦那さんですか。ちょーっと古いですけど、一瞬、イタリア映画のマルチェロ・マストロヤンニって俳優さんを思い出しました。イメージがあってるとよいですが。そんなちょいワルなイケメン旦那さんの分もお送りしたいと思います」

車内の四人は静かにラジオを聴いていた。

母は目にハンカチを当てて俯き、淳也は苦笑いしながら窓の外を見て、恵は天井を見て、膝の上の浩の目は開いていた。

「随分ゆっくり走るんだなこの車は」浩はむくりと起き上がって言った。

「安全なのはいいことよ」母が言った。

恵は頷いた。

交差点の信号で止まり、やがて再び動き出す。淳也はその間何の操作もしなかった。

ラジオが賑やかなCMを流し始めたので恵が「さっきの曲、もう一度聴きたいな」と言った。

天井の声が「配信サービスからカラーズのリフレインを検索します」と言った。

「びっくりするくらい便利なのね」母が言った。

「車内の出来事を学習してどんどん賢くなるんだって。ほんとかどうか分からないけど」恵はそう言って笑った。

「人間どんどん馬鹿になるぞ」浩が言った。

やがて曲は流れ、車はしばらく直進し、淳也はそっと恵の腹に手を置き、老夫婦は互いに手を握り合っていた。

——冷たい雨に身を刺され
——明日の虹も見えなくて
——涙で昨日が霞んでも
——あなたの笑顔があればいい

——楽しいことがあるでしょう
——悲しいこともあるでしょう
——でも今こころは満たされる
——あなたの笑顔があるここで

「あ、動いた」恵が言った。

そして車は信号で停止した。

淳也はシートベルトを外し、耳を新しい生命に近付けた。恵は夫の肩に手を置いた。歩行者用の信号が点滅を始める。

「海岸にこーんなでっかいエイが打ち上げられたんだって！」そう叫びながら父の手を引く親子連れが淳也の眼の前を通り過ぎる。その後を少女が追いかける。

天井の声が「運転席にシートベルトを着用して正しく座り、視線を前方に向けてください」と言った。

淳也はゆっくりと起き上がり、ハンドルを握った。

横断歩道を渡り切った少女が振り返り、たまたま淳也と目があった。彼女はそっと淳也に手を振り、彼も微笑んで手を振り、眼鏡の位置を直した。

そして車はゆっくりと発進した。

他の車がほとんどいない駅のロータリーに停車した時には雨は小雨になって、駅の向こう側の空にほんの少し晴れ間が見えた。

「ありがとう、気を付けて」

浩が傘をさしてそこに母が小さい身体を寄り添わせて、一つの影が駅の入口に消えて行くのを、淳也と恵はただ黙って、見守っていた。

そして天井の声が「配信料は、価値ある三百円です」と言った。

〈著者紹介〉

筆沢鷹矢（ふでさわ　たかや）

大学卒業と同時にインターネット関連企業であるライプニッツ（株）を立ち上げ、業務を拡大した後に売却。

執筆活動の傍ら数社の取締役を兼任し、現在ソフトウェア開発を営む（株）とろたくの代表取締役を務める。

著書に『ハンマー』、『白湯』、『キニーネ』、『ヌガー』（いずれも幻冬舎）がある。

胎動《たいどう》

2024年12月12日　第1刷発行

著　者　　筆沢鷹矢
発行人　　久保田貴幸

発行元　　株式会社 幻冬舎メディアコンサルティング
〒151-0051　東京都渋谷区千駄ヶ谷4-9-7
電話　03-5411-6440（編集）

発売元　　株式会社 幻冬舎
〒151-0051　東京都渋谷区千駄ヶ谷4-9-7
電話　03-5411-6222（営業）

印刷・製本　中央精版印刷株式会社
装　丁　　野口 萌

検印廃止

ISBN 978-4-344-69132-2 C0093
幻冬舎メディアコンサルティングＨＰ
https://www.gentosha-mc.com/